KB143113

내 친구 봉숙이

일러두기

1. 이 책은 저자의 성장배경에 소설의 기법을 더했으며, 어느 정도는 사실을
   바탕으로 한 허구다.
2. 이 소설에 등장하는 주인공 백승회를 제외한 일부 인물은 저자가 만들어
   낸 가상의 인물이다.
3. 이 소설의 공간적 배경이 되는 경주와 대구는 저자의 성장지이며, 소설에
   서 거론되는 장소는 지금도 실존하고 있는 곳이다.
4. 소설의 흥미와 현장감을 더하기 위해 대화에서는 물론 지문에서도 경상
   도 사투리를 표준어로 바꾸지 않고 의도적으로 사용하기도 했다.
4. 이 소설의 시간적 배경은 저자가 성장하던 시기의 기억과 인터넷 검색으
   로 자료를 더했으므로 내용 중 일부는 사실과 다를 수 있다.
5. 책 속에 김동리 선생의 〈무녀도〉에서 부분 발췌한 것은 경주 출신의 소설
   가 김동리 선생을 오마주(Hommage)하기 위해서였으며, 소설의 흐름상
   앞으로 일어날 사건들을 암시하려 한 의도 또한 있었다. 소설에서 당시 주
   요사건을 다룬 신문기사를 인용한 것은 사실성을 더하기 위한 것일 뿐이
   다. 특히 신문기사는 많은 시간이 지난 오늘에는 그 사실성이 달리 해석될
   수도 있다.

내친구
봉숙이

백승희 지음

學而思 학이사

프롤로그

　그녀의 이름은 봉숙이다. 그녀는 경주의 어느 산골마을이 고향이라 하지만, 수십 년 동안 지켜봐 온 내가 보기엔 서울이 고향인 듯하다. 이 친구 평소에는 '~했능교? ~아잉교?'라며 경상도 특유의 경주지역 사투리를 사용하지만, 마음이 급해지거나 위급한 상황에서는 서울말이 튀어 나오곤 한다.

　성은 최 씨다. 본인은 자신이 그 유명한 경주 최 부잣집의 일가이자 가까운 친척이라 한사코 주장한다. 그러나 내가 알기에 그녀는 한국의 노블리스 오블리제를 실현했던 경주 최 부잣집과는 아무런 관련도 없는 아이임에 틀림이 없다.

　요즘 세상 참 많이 좋아졌다. 이름 바꾸기가 쉬워진 몇 년 전 봉숙이는 이름을 '수아'로 개명했다. 빼어날 수秀에 아담할 아

雅. 최수아. 어떻게 최봉숙이 최수아가 될 수 있단 말인가. 나는 결단코 봉숙이를 수아로 부르지는 않을 참이다. 봉숙이 역시 내가 자신을 수아로 부르지 않을 거란 걸 잘 알고 있다. 하지만 내가 다른 사람들 앞에서 자신의 본명만은 부르지 않았으면 좋겠다고 한다. 평생을 따라다니는 주홍글씨 같은 자신의 촌스런 이름의 비밀을 꼭 지켜줬으면 좋겠다며 애걸복걸한다. 그래서 당분간은 '그렇게 하겠노라'고 했지만 가끔 사람들 앞에서 우아한 척, 고고한 척 하는 그녀를 보면 '야! 봉숙아!'라고 외치고 싶은 마음이 굴뚝같지만 겨우 참고 있는 중이다.

2016년 12월
백승희

차례

만남

　그녀를 처음 만난 건 내가 초등학교 3학년 시절이던 1975년. 지금으로부터 무려 40여 년 전으로 거슬러 올라간다. 당시 아버지께서는 타 지역을 전전하시다 그해 경주시청의 고위직 공무원으로 승진 발령이 나셨다. 승진의 기쁨도 잠시, 우리 4남매를 대구에 남겨 두고 매정(?)하게 아버지를 따라 가시던 어머니께서는, 이번만큼은 막내인 나를 전학을 시켜서라도 경주로 데려가야겠다고 우기셨다. 그래서 나는 얼떨결에 어머니를 따라 대구에서 2년간 다니던 초등학교를 떠나 3학년부터는 경주의 ㄱ초등학교로 전학을 가게 되었던 것이다.

　때는 1975년 봄,

　그날은 대구의 어릴 적 친구들과 졸지에 생이별을 하게 된 내가, 태어나서 한 번도 가 본적 없는 경주의 ㄱ초등학교에 전학하여 처음으로 등교하던 날이었다.

예나 지금이나 학교든 사회든 강한 자만이 살아남는 법.

나는 어릴 적부터 병약하여 잔병치레가 잦았다. 대구에 있는 ㅁ초등학교 1학년에 입학했을 당시에도 우리 바로 앞집에 살던 지영이란 소꿉친구가 힘센 머슴애들로부터 나를 지켜주곤 했었다. 초등학교 2학년 때 다른 학교로 전학을 가서 헤어졌던 지영이를 나중에 내가 의과대학에 입학한 직후 우연하게 한번 만난 적이 있다. 그 때 만나서 무슨 일이 있었는지, 기억은 잘 나지 않지만 얘기도 제대로 나누지 못하고 헤어졌던 것 같다. 그 친구는 지금은 어디서 무엇을 하고 있을까. 눈이 참 예쁜 아이였는데….

이야기가 잠시 빗나갔는데 다시 그 날로 돌아가서,

햇볕을 한 번도 못 본 냥 희멀건 얼굴에다 펑퍼짐한 체형, 반백의 중년이 되어버린 지금과 달리 그때는 바짝 마른 체격이었다. 당시의 나는 키도 그다지 크지 않았었고, 태어나서 한 번도 반 친구들이랑 싸워본 적 없는 겁 많고 유약한 아이였다. 그랬던 내게 경주라는 낯선 도시, 낯선 학교에서의 첫 등교와 반 아이들과의 첫 대면은 몹시도 부담스러울 수밖에 없었다. 등교 첫날, 나는 아침에 일어나서 배가 아프다며 꾀병을 부리며 등교를 거부했다. 그러나 그런 나의 수법을 누구보다 잘 아시는 어머니께서는 억지로 내 손을 부여잡고 걸어가면서 "승희야, 경주는 시골이라 아이들이 다 순박하고 착하다 카더라. 오늘 학교 가거든 좋은 친구들 많이 사귀거래이."라고 달래셨다. 그리고는 나를 학교에 데려다준 뒤에는 휑하니 돌아서셨다. 그때, 집으로 돌아가시는 어머니의 뒷모습을 보면서 나는 진심으로 어디론가 멀리 도망가고 싶은 심정이었다.

개미 새끼 한 마리도 보이지 않은 텅 빈 학교 운동장에 혼자 버려진 나. 경주라는 낯선 도시에서, 아는 곳도 갈 데도 없는 열 살짜리 꼬마 아이는 그렇게도 가기 싫던 ㄱ 초등학교 3학년 1반의 교실이 있는 학교 건물 입구를 향해 터덜터덜 걸어가고 있었다. 곧장 교무실로 가서 담임 선생님을 찾아뵙고, 함께 교실로 가라는 어머니의 말씀을 기억하던 나는 교정을 가로질러 교무실 앞에 다다르게 되었다. 그리고 크게 한 번 심호흡을 하고 교무실 문을 열었다. 그러자 그해 학기의 첫 수업 준비로 분주하던 수많은 선생님들의 시선이 일제히 내게로 쏠렸고, 나는 그 자리에서 얼어붙고 말았다.

그리고 이어지는 선생님들의 웅성거리는 소리.

"쟈~가, 이번에 대구에서 전학 왔다 카는 3학년 1반 아 아이가?"

"아~, 이번에 경주시청으로 발령이 난 백 국장님 막내아들이라 카던 아가 자가?"

"아~, 가가 가가?"

마지막 선생님의 멘트 중 "가가 가가?"란 말은 표준어로 번역하면 "저 애가 그 애인가요?" 쯤으로 이해하시길.

새 학기 들어 대구에서 한 아이가 전학 온다는 이야기가 선생님들 사이에서도 이미 알려져 있는 듯 모두 한마디씩 거드는 선생님들.

"아가(애가) 얼굴이 허여이 귀티 나게 생겼네."

"하이고야~, 저래 비쩍 말라 가꼬 한 반에 있는 힘센 머스마(남자애)들한테 괴롭힘 마이 당하는 거 아이가?"

아! 고개를 푹 숙인 채 바짝 얼어붙었던 나는 당시 선생님들이 하시는 이야기 한마디 한마디가 똑똑하게 다 들렸다. 그 순간, 진심으로 도망가고 싶던 심정의 나를 구원해준 목소리가 들렸다.

"니가 백승희구나, 일로 오이라(오너라). 내가 니 담임 봉기태다."

지옥에서 부처님을 만난 것처럼 반갑고도 인자한 목소리가 고개 숙인 내 귀에 들려왔다. 푹

숙였던 고개를 들어보니 인자한 할아버지 같은 모습의 담임 선생님이셨다.

"머스마가 와 그리 히바리(힘을 뜻하는 경상도 사투리)가 없노? 이래 가꼬 나중에 어른이 되서 이 험한 세상 우째 살아갈라 카노? 자자~ 고개 들고 힘내고, 인자 수업 시작이다. 자~가자, 승희야! 가서 반 친구들한테 인사해야제?"

"예…."

기어들어가는 목소리로 대답한 나는 담임 선생님께서 내미는 손을 잡고 아직도 날 보며 뭐라뭐라 웅성거리는 교무실 안의 다른 반 선생님들을 뒤로 한 채 3학년 1반 교실을 향해 걸어 갔다. 그때가 바로 내 평생의 친구 봉숙이와의 기이한 인연이 처음으로 시작되는 순간이라는 사실은 꿈에도 생각하지 못한 채….

담임 선생님의 손에 이끌려 교실로 향하는 승희. 이미 교무실에서 수많은 선생님들에게 호된 신고식을 당했던 승희는 교실에서 만날 반 아이들과의 첫 대면이 두렵다.

드르륵~. 여닫이 식의 교실 앞문을 열고 들어가는 담임 선생님을 따라 교실 문으로 들어선 승희. 교실 문이 열리자 그때까지 교실에서 장난치고 뛰어놀던 아이들이 일제히 동작을 멈추고 승희를 쳐다본다. 떠들썩하던 교실 안에 갑자기 정적이 흐른다.

교실 안에 흐르던 잠시 동안의 침묵을 깨고 담임 선생님께서 아이들에게 말씀하신다.

"모두 주목! 자, 오늘 대구에서 새로운 친구가 전학 왔다. 에~ 이름은…. 아니다! 승희, 니가 직접 니 소개 하는 게 좋지 않겠나?"

자신에게 쏠린 반 아이들의 시선이 부담스러워 고개를 푹 숙이고 있던 승희가 기어들어가는 듯한 목소리로 말한다.

"내 이름은 백…승희. 대구서 살다 전학 왔데이. 앞으로 친하게 지내자…."

그 순간 아이들이 일제히 폭소를 터뜨린다. 승희는 어리둥절하다. 경주로 전학 온 첫날, 반 친구들에게 자기소개를 했을 뿐인데 왜 아이들이 웃는 건지. 반 아이들이 난리다. 일어서서 자신의 배를 잡고 웃는 아이도 있고, 앉은 자리에서 자신의 머리를 쥐어짜며 웃는 아이도 있고, 너무 웃다가 꺼이꺼이 눈물마저 흘리는 아이도 있다. 아이들이 저렇게까지 웃는 영문을 모르는 승희는 어쩔 줄 몰라 도와 달라는 듯 담임 선생님을 쳐다보며 구원의 눈길을 보낸다. 하지만, 할아버지 같이 인자한 모습의 담임 선생님마저 승희를 쳐다보며 껄껄 웃으신다.

'대체 왜? 도대체 왜 선생님마저 웃으시는 걸까? 내 이름이 여자 이름 같아서 그러는 걸까?'

영문도 모른 채 아이들에게 웃음거리가 된 승희는 쥐구멍이라도 찾아 숨고 싶은 심정이다. 이때 아이들 중 누군가 깔깔대며 손가락으로 승희를 가리키며 한마디 한다.

"문! 문! 문이 열렸어…. 하하하~"

당황한 승희는 반쯤 열려 있는 교실 앞문 쪽을 황급히 쳐다본다. 그리고 얼른 교실 앞문 쪽으로 달려가서 문을 닫는다. 그러자 아이들의 웃음소리가 더 커진다. 이건 웃음이 아니라 거의 폭동 수준이다.

'아, 대체 아이들이 왜 저리 웃는 거지? 게다가 담임 선생님까지….'

이때 아이들 중 누군가 말한다.

"남대문~, 남대문 열렸데요. 하하하하~."

'이런, 바지 지퍼가 열렸구나. 그래서 아이들이 저렇게…'

그제야 아이들이 저토록 웃는 이유를 알게 된 승희는 애써 참았던 눈물을 터뜨린다.

요즘 학생들 말로 표현하면 참으로 찌질한 모습. 전학 와서 처음 반 아이들에게 인사하는 자리에서 이런 바보 같은 모습을 보여줬으니 오늘 사건으로 앞으로 1년 동안 반 아이들에게 놀림당할 생각에 앞이 캄캄한 승희. 그때 누군가 일어서서 외친다.

"야! 조용히 안 할래? 너그는 이런 실수 안 하나? 지금부터 승희 보고 웃는 애들 있으면 다 내한테 맞아 디질 줄(죽을 줄) 알거래이!"

어디선가 들리는 우렁찬, 아니 하이 소프라노 톤의 낭랑한 목소리. 맨 뒷자리에 앉아서 혼자 이 사태를 심각하게 지켜보던 한 여학생이 일어서서 아이들에게 외친 것이다. 담임 선생님이 계신데도 불구하고 그렇게도 떠들썩하던 교실이 여학생의 일성에 찬물이라도 끼얹은 듯 갑자기 조용해진다.

이때 역시 웃음을 멈추고 말씀하시는 담임 선생님.

"그래, 우리 봉숙이가 역시 최고구나. 입장 곤란해진 친구를 생각하는 마음. 와 너그들은 봉숙이처럼 어른스럽지 못하노?"

부끄럽고 당황스러운 마음에 울던 승희가 고개 들어 봉숙이라는 여학생을 쳐다본다.

어쩌면 바로 그 순간이 평생에 걸친 봉숙이와의 기이한 인연의 시작이란 걸 당시의 승희는 알고 있었을까?

반 친구들과 첫 대면하는 자리에서 남대문이 열린 줄도 모르고 인사를 하다 아이들의 웃음거리가 된 승희. 그런 승희를 수렁에서 건져 준 구원의 목소리의 주인이 누굴까? 고개 숙여 울먹이던 승희는 울음을 멈추고 고개를 들어 봉숙이를 쳐다본다. 시골 아이답지 않은 뽀얀 얼굴과 긴 생머리, 또래보다 발육이 빠른 듯 초등학교 3학년이라고는 믿기지 않는 큰 키의 소녀가 얼굴에 인상을 잔뜩 쓴 채 씩씩거리며 반 아이들을 노려보고 있다. 두 볼을 잔뜩 부풀리고 허리에 양 손을 찬 채 말이다. 봉숙이를 처음 대면하는 바로 이 순간, 아마도 봉숙이를 향한 승희의 일생의 흠모가 시작되었는지도 모른다.

아이들에게 호통치던 봉숙이가 고개를 돌려 승희를 똑바로 쳐다본다. 울음을 그친 승희도 봉숙이를 쳐다본다. 두 아이는 그렇게 두 눈을 마주하며 쳐다보고 있다.

  '예쁘다, 봉숙이란 저 아이….'

  승희의 눈에 비친 봉숙이의 첫인상. 그러면서 혼자 생각하는 승희.

  '저 아이는 날 좋아하는 걸까? 첫눈에 내게 반해서 이렇게 날 도와주는 건 아닐까?'

  착각은 자유라고, 봉숙이의 도움으로 곤경에서 벗어나 안도하던 승희는 순간 엉뚱한 상상을 하기 시작한다.

  나중에 봉숙이와 친해졌을 때 당사자에게 직접 들은 이야기로는 당시의 내가 하도 찌질하고 불쌍해 보여서 도와줬을 뿐, 봉숙이는 그때 내게 이성으로서의 감정은 하나도 없었다고 말했다. 그래도 나는 봉숙이가 내게 첫눈에 반했다고 지금도 믿고 있다. 아니 믿고 싶다.

  "자~ 자, 이제 수업 시작하자. 승희는 일단 조오기 교실 뒷문 옆 맨 뒷자리에 가서 앉거라. 당분간은 짝꿍이 없을 테니 나중에 봐서 자리 바꿔 주꾸마."

  선생님의 말이 떨어지자 승희는 교실 뒷문 옆에 붙은 책상으로 가서 앉는다. 그리고 가방 속에 있던 교과서와 공책, 자석이 있어 열었다 닫았다 할 수 있는 예쁜 토끼 그림이 그려진 필통, 필통 속의 연필, 연필 깎기, 네모난 하얀 지우개, 자 등을 꺼내 놓는다. 바로 옆에서 덩치 큰 남자애가 이런 승희를 유심히 보고 있다. 승희도 녀석을 바라본다. 아! 그런데 이 녀석 생긴 게 범상치 않다. 반에서 덩치도 제일 크고 힘도 셀 듯 보이는 험상 궂게 생긴 이 녀석. 녀석 때문에 승희는 앞으로의 학교생활이 평탄치 않을 듯한 불길한 예감이 들기 시작한다.

전학 온 경주의 ㄱ초등학교에서의 승희의 첫 수업이 그렇게 시작되었다. 이윽고 수업 마치는 종소리가 울린다. 요즘 같은 차임벨이 아닌 진짜 종소리가 교실 스피커를 통해 들린다.

'댕~댕~댕~'

수업을 마친 담임 선생님이 교실을 나가자 맨 뒷자리에 있는 승희를 옆자리에 있던 험상궂은 사내아이를 비롯한 몇몇 남자 애들이 에워싼다. 분위기가 심상치 않다. 아, 이 상황을 어떻게 벗어나야 할지 승희는 앞이 막막하기만 할 따름이다.

그 중 제일 사납게 생긴 녀석이 승희에게 말을 건넨다.

"내 이름은 봉환이다. 김봉환. 앞으로 친하게 지내자."

그가 먼저 손을 내밀어 악수를 청한다. 승희도 그의 손을 잡는다. 그러자 봉환이 뒤를 병풍처럼 둘러싼 아이들도 하나둘 손을 내밀어 인사를 청한다.

"내 이름은 봉열이다. 이봉열. 내캉도 친하게 지내제이."

"나… 나는 스… 승봉이. 내… 내하고도 치… 친하게 지…지내야 된데이."

'아….'

1교시 수업 직후 자신을 둘러싸던 아이들이 자신을 괴롭히려는 게 아니라 그저 인사를 하러 온 것임을 깨달은 승희는 안도의 한숨을 쉰다. 그 순간 승희에게 이런 생각이 언뜻 든다.

"참 희한하네. 왜 이 반 아이들 이름에는 모두 '봉' 자가 들어가 있지? 봉숙이, 봉환이, 봉열이, 승봉이까지. 게다가 오늘 승희가 학교 오기 전 집에서 엄마에게 들어 이미 알고 있던 담임 선생님 이름 역시 봉기태."

나중에 알게 된 사실이지만 승희가 속한 3학년 1반에는 이름 석 자 중에 '봉' 자가 들어가는 사람이 담임 선생님을 비롯해서 무려 열다섯 명이나 있었다. 그야말로 '봉' 잡은 승희.

"오늘 수업 마치고 내캉 물놀이 갈래?"

전학 첫날 남대문 사건으로 아이들에게 놀림감이 되었던 승희는 이 반에서 제일 힘 셀 듯한 봉환이의 물놀이 가자는 제안이 오히려 고맙고 반가울 따름이다.

"그래 갈게. 근데 나는 수영복도 없는데 우짜노?"

승희의 대답에 오히려 의아한 눈빛으로 바라보며 봉환이가 말한다.

"수영복? 그기 머꼬? 물놀이 하는데 수영복이 와 필요하노? 승희 니는 아무것도 필요 없으니 몸만 따라오면 된데이."

'물놀이 하는데 수영복이 필요 없다고? 하기야 수영하기엔 날씨가 춥긴 하지.'

물놀이가 뭘 하자는 건지 도무지 이해가 안 되는 승희지만 아무튼 이 반의 대장인 듯한 봉환이와 친해질 절호의 기회를 놓칠 수는 없다고 생각한 승희가 대답한다.

"알따~. 이따 수업 마치고 보제이."

반 아이들의 뜻밖의 환대에 남대문 사건의 충격에서 벗어나 급 기분이 좋아진 승희. 이런 게 경주라는 작은 도시에 사는 순박한 시골 아이들의 정인가? 승희는 오늘 수업이 끝나고 아이들과 물놀이 갈 생각에 벌써부터 마음이 설렌다.

한편 교실을 횡으로 가로질러 승희가 앉은 자리의 정 반대편 제일 뒤, 자신의 자리에 앉아있던 봉숙이가 봉환이를 비롯한 남자 아이들이 승희를 둘러싼 광경을 무언가 못마땅한 표정으로 지켜보고 있다. 아마도 곤경에 빠졌던 승희를 구해 주었던 자신에게 먼저 다가와 고마움의 표시를 하지 않고 다른 남자애들과 노닥거리는 승희가 마음에 들지 않는 모양이다.

그 순간, 2교시 수업 시작을 알리는 종소리가 울린다. 담임 선생님께서 교실 앞문을 통해 들어오신다. 그리고 수업이 시작되고, 이내 2교시 수업 종료를 알리는 종소리가 칠판 옆에 붙어있는 스피커를 통해 울린다.

교실 맨 뒷자리, 승희의 반대편에 앉아 2교시 수업 내내 무언가가 마음에 들지 않았는지 씩씩거리며 앉아 있던 봉숙이가 이윽고 무언가를 결심한 듯 결의에 찬 표정으로 두 주먹을 불끈 쥐며 자리에서 일어선다. 그리고 교실을 가로질러 자신의 자리 반대편에 앉아 있는 승희를 향해 걸어온다. 봉숙이가 다가오는 걸 보지 못한 채 3교시 수업 준비에 여념이 없던 승희는 문득 이상한 낌새를 느끼고 고개를 드는데….

봉숙이다.

예쁜 봉숙이가 승희 앞에 서 있는 것이다. 그런데 표정이 심상찮다.

이 아이는 화가 난 걸까?

억지로 화를 참는 듯한 표정의 봉숙이가 의아해 하는 승희에게 말한다.

"내 이름은 봉숙이다. 최봉숙! 백승희! 니 앞으로 내하고 친해야 된데이. 봉환이, 봉열이, 승봉이는 다 내 똘마니들이다. 쟈들보다는 내캉 친하게 지내야지 앞으로 니 학교생활이 편해질끼다."

우리의 주인공인 봉숙이까지, '봉' 자 들어가는 이름을 쓰는 아이들로부터 친하게 지내자는 요청이 승희에게 쇄도한다. 근데 이 봉숙이라는 여자아이는 예쁘긴 하지만 좀 무섭다. 아까 1교시 수업마치고 승희가 제일 힘이 세리라고 생각했던 봉환이보다도 더. 이 아이의 반협박 섞인 인사에 제대로 대처하지 못한다면 앞으로 1년 동안 승희의 ㄱ초등학교에서의 3학년 생활은 심히 피곤해질 것 같다.

"알았데이, 내 이름은 백승희. 앞으로 친하게 지내자."

느닷없는 봉숙이의 방문을 받고 얼떨결에 인사하게 된 승희. 아! 이렇게 얼떨결에 인사한 이 여자아이가 앞으로 승희가 성인이 되고 반백의 중년이 될 때까지 만남과 헤어짐을 반복하는 기이한 인연을 이어 가리라고는 당시의 승희는 꿈에도 생각하지 못 했었으리라.

봉숙이가 말한다.

"너그 집 어데고? 우리 집은 성건동인데…."

순간 승희는 가슴이 철렁 내려앉는다. 처음 경주로 이사 와서 엄마에게 들은 승희가 사는 동네 이름 역시 성건동이었다.

"우리…집도 성…건…동인데."

승희의 대답에 반색하는 봉숙이.

"잘 됐네! 니 오늘 학교 마치고 집에 갈 때 내캉 같이 가자. 안 그래도 집에 갈 때 길동무가 없었는데 잘 됐다. 야~"

같은 동네에 산다는 승희의 대답에 신이 난 봉숙이와 달리 기어 들어가는 목소리로 승희가 대답한다.

"그… 그런데…. 오늘 수업 마치고 봉환이가 물놀이 가자해 서 봉숙이 니캉 같이 못갈 거 같은데…."

말꼬리를 흐리는 승희. 이때 봉숙이가 말한다.

"쟈들한테는 내가 이야기 하꾸마, 니는 신경 안 써도 된데이. 야! 봉환아~ 봉열아~ 승봉아~."

교실 안에 울려 퍼지는 하이 소프라노 톤의 봉숙이의 목소리에 봉환, 봉열, 승봉이로 구성된 봉 트리오가 기다렸다는 듯 일제히 대답한다.

"와?"

"오늘 승희는 학교 마치고 내캉 집으로 가기로 했으니 너그들끼리 물놀이 가거래이."

"알았다. 우리끼리 가꾸마~"

봉숙이의 말 한마디에 마치 약속이라도 한 듯 일제히 합창하는 봉 트리오.

승희는 집에 같이 가자는 왈패 같은 봉숙이가 두렵기도 하지만 한편으로는 하는 행동과 달리 얼굴은 예쁜 봉숙이와의 하굣길이 기대되기도 한다.

'봉숙이라는 저 아이. 날 좋아하는 게 틀림없구나. 안 그러고서야 어떻게 전학 온 첫 날 처음 본 나더러 같이 집에 가자 할 수 있을까?'

상상력이 남달리 풍부했던 어린 시절의 승희는 그렇게 혼자서 마음껏 상상의 나래를 편다.

잠시 후 봉숙이와의 하굣길에서 일어날 일들은 상상조차 하지 못한 채.

봄비

비다! 비가 내리고 있다.

1975년 3월 2일, 승희가 경주의 ㄱ초등학교로 전학을 가고 첫 등교 하는 날. 4교시 오전 수업을 마치고 봉숙이와 함께 가려던 하굣길에 봄비가 내린다.

수업을 마친 반 아이들이 하나 둘 집으로 가고, 교실에는 봉숙이랑 승희만 남아 있다. 내리는 비가 그치길 기다리며 둘은 하염없이 교실 창밖을 바라보고 있다. 둘만 남은 ㄱ초등학교의 3학년 1반 교실에서 아무 말 없이 창밖을 내다보는 승희와 봉숙. 둘 사이에 어색한 침묵이 흐른다.

봉숙과 나란히 서서 창밖을 내다보던 승희가 문득 고개를 돌려 봉숙을 쳐다본다. 자신보다 어른 주먹 하나 만큼 키가 더 큰 봉숙이의 옆모습을 처음으로 보게 된 승희. 흑단같이 검고 찰랑찰랑한 긴 생머리에 시골아이 답지 않게 뽀얀 얼굴과 사슴을 닮은 듯한 커다란 눈망울, 오뚝 솟은 콧날과 불타는 듯 유난히 붉고 아침 이슬을 머금은 듯 촉촉해 보이는 두 입술, 또래보다 발육이 빠른 듯 입고 있던 하얀 스웨터 위로 봉긋 솟은 가슴까지.

'아…, 이 아이 봉숙이. 정말 예쁘다.'

이런 생각을 하며 넋을 잃은 채 봉숙이의 옆모습을 바라보는 승희. 지금 승희의 가슴은 콩닥콩닥 뛰고 얼굴은 상기되어 귀까지 발갛게 물들어 있다. 한참 동안을 그렇게 봉숙이를 쳐다보며 망부석이 되어버린 승희. 그러던 중 자신을 뚫어지게 쳐다보는 승희의 시선을 느꼈는지 봉숙이가 고개를 돌려 승희를 바라본다. 두 아이의 시선이 마주친다. 승희의 시선을 의식하고 있었던 걸까? 승희와 마주 보는 봉숙이의 얼굴 역시 붉게 물들어 있다. 부끄러운 듯 승희와 마주하던 봉숙이의 시선이 아래를 향한다. 수줍은 듯 고개 숙인 봉숙이가 잠시 후 고개를 들고 나지막하게 말한다.

"니 방금 내 쳐다봤나? 담부터 내 허락 안 받고 훔쳐보면 니 내한테 맞아 디진데이~. 알겠나?"

천사 같은 봉숙이의 옆모습을 지켜보며 차마 사랑이라 말할 수도 없는 달콤한 감정에 빠졌던 승희가 퍼뜩 정신을 차린다. 그리고 속으로 다짐한다.

'가시나가…. 얼굴은 이뿌게 생겨 갖고 하는 행동이나 말투는 무슨 머시마 같노? 앞으로 내가 이 가시나 좋아하면 내가 이 가시나 아들이다.'

솜사탕처럼 달콤한 상상을 하다 막 정신을 차린 승희에게 봉숙이가 말한다.

"뛰자, 뛰어서 집에 가자. 내가 보이, 이 비 그칠라 카마 한밤중까지는 기다려야 될 꺼 같다."

봉숙이의 말이 떨어지자 우산이 없어 비가 그칠 때까지 교실에서 기다리던 두 아이, 즉 봉숙이와 승희는 교실을 벗어나 텅 빈 학교 운동장을 가로질러 냅다 뛰기 시작한다. 둘 다 가방을 우산 삼아 머리에 인 채.

빗줄기가 조금 가늘어졌다 싶어 교실을 뛰쳐나온 두 아이들 머리 위로 더욱 세찬 빗줄기가 쏟아져 내린다. 앞장 서 달리는 봉숙이를 뒤따르는 승희는 쏟아지는 빗줄기가 마냥 싫지만은 않다. 머스마 같은 성격을 가진 예쁜 봉숙이와 함께 하는 빗속에서의 하굣길이 오히려 승희는 즐겁기만 한 것이다.

하지만 그런 승희의 마음도 폭우로 변해 쏟아지는 비 앞에서는 어쩔 수 없다. 저만치 앞서서 달려가던 봉숙이를 불러 세우는 승희.

"봉숙아, 봉숙아, 잠깐만~."

승희가 외치는 소리에 뛰어가던 발걸음 멈춘 채 뒤돌아선 봉숙. 가방을 머리에 인 채 쏟아지는 폭우에 온몸이 비 맞은 생쥐 꼴이 된 봉숙이는 긴 생머리에서 물방울을 뚝뚝 떨어뜨리며 승희에게 말한다.

"비가 너무 많이 오제? 우리 저기 저 기와집 처마 밑에서 비 좀 피하다 가자."

봉숙이의 말이 떨어지자 두 아이는 마침 눈앞에 보이는 기와집 처마 밑 담벼락에 등을 기대고 나란히 앉아 비를 피한다. 학교를 나오자마자 더 심해진 빗줄기에 집으로 뛰어가던 두 아이는 모두 비에 흠뻑 젖었다. 아직도 겨울의 추위가 완전히 가시지 않은 이른 봄날이라 비 맞은 두 아이가 오들오들 떨기 시작한다.

무슨 생각이었을까? 자신도 추워서 떨던 승희가 바로 옆에서 오들오들 떨고 있는 봉숙이의 하얀 목덜미를 자신의 오른 팔로 감싼다. 추위에 떨던 봉숙이를 어떻게든 따뜻하게 해 주고 싶었던 순수한 승희의 마음이었으리라. 워낙 사내애 같은 거친 성격의 봉숙이가 어떤 식으로 나올지 몰라 조심스럽게 반응을 살피던 승희. 뜻밖에도 봉숙이는 승희의 돌발행동에 별다른 반응이 없다. 그저 승희가 내미는 팔에 몸을 맡긴 채 자신의 머리를 승희의 가슴에 살포시 기댄다. 승희의 가슴이 콩닥콩닥 뛰기 시작한다. 추위에 떨어 백짓장처럼 하얗던 봉숙이의 얼굴도 발갛게 물들기 시작한다. 두 아이는 언제까지라도 그렇게 있고 싶었던 걸까? 한참동안을 아무 말 없이 승희의 가슴팍에 안겨 있던 봉숙이가 고개 들어 승희를 쳐다본다. 그러다 봉숙이가 승희의 뺨에 살포시 입을 댄다. 예상치 못한 봉숙이의 행동에 승희가 당황할 새도 없이 봉숙이가 말한다.

"뛰자~."

느닷없는 봉숙이의 기습 뽀뽀에 당황한 승희. 그리고 부끄럽다는 듯 폭우가 쏟아지는 빗속으로 달려가는 봉숙이. 승희도 봉숙이를 따라 빗속으로 뛰어든다. 쏟아지는 빗속에서 가방을 우산 삼아 머리에 인 채 앞서가는 봉숙이와 뒤따라가는 승희. 이미 사랑에 빠져버린 듯한 두 아이에게는 쏟아지는 빗속에서의 달리기마저도 그저 감미로울 따름이다.

그렇게 한참을 달려 아스팔트가 깔린 도심지를 지나 논두렁, 밭두렁이 있는 전형적인 70년대의 시골 풍경 속으로 뛰어드는 두 아이. 논두렁 사이로 졸졸 흐르던 물줄기가 실개천을 이루고 그곳에서 기나긴 겨울잠에서 깨어나 알록달록 화려한 자신의 자태를 뽐내고 있는 무당개구리가 유난히 예뻐 보이는 1975년 3월의 어느 날, 승희는 자신의 첫사랑(당시의 감정이 사랑이었는지는 지금은 잘 모르겠지만 그저 당시는 봉숙이가 너무 좋아 그 아이를 위해서라면 뭐라도 할 수 있을 것 같았던 느낌이었다고나 할까?)이었던 봉숙이와 한 편의 달달한 영화를 찍고 있는 중이다.

한참을 그렇게 달려가던 두 사람. 앞서 가던 봉숙이가 멈추어 선다. 뒤따라 달려가던 승희도 달리기를 멈춘다. 뒤돌아 선 봉숙이가 승희에게 말한다.

"승희야, 너그 집에 가자. 너그 집에 가서 놀자."

느닷없는 봉숙의 제안에 당황한 승희. 하지만 뭐 싫지는 않다.

"그…그래. 지금 집에 가면 엄마가 계실 테니 우리 집에 가서 엄마한테 맛있는 거 해 달라 하지 뭐…"

전학을 간 첫 날부터 집으로 돌아가면서 여자 친구를 데려가면 어머니께서 뭐라 할지는 모르겠지만 봉숙이의 뜬금없는 제

안이 좋기도 하고 걱정도 되는 승희. 하지만 뭐 그게 대수랴?
지금 승희는 봉숙이와 함께라면 이 세상 끝까지라도 함께 갈
수 있을 듯한 심정인 것을.

　종일 내리던 비도 이제 그치고 뭉게구름 사이로 드러난 붉은
태양이 따사로이 햇살을 비추기 시작한 경주의 한적한 시골 길
을 걸어가는 두 사람. 둘은 나란히 걸어가며 노래를 한다.

거침없이 하이킥

전학 온 첫 날, 남대문 사건으로 곤경에 빠진 승희를 구해준 봉숙이. 성격은 남자같이 거칠고 힘도 반에서 제일 센 듯도 하지만 얼굴만큼은 천사를 닮은 봉숙이, 우리의 두 주인공 봉숙이와 승희는 그렇게 서로 좋아하는 모양이다. 봉숙이가 찌질한 승희의 어디가 좋았는지는 알다가도 모를 일. 아마도 봉숙이는 경주의 시골 아이들만 보다가 대구라는 대도시에서 전학 온 얼굴 허옇고 귀티(?)나는 승희에게 조금은 색다른 감정을 가졌던 것 같다.

그러나 승희는 봉숙이의 모든 것이 좋다. 뽀얗고 예쁜 얼굴, 치렁치렁한 긴 생머리, 자신보다 어른 주먹하나만큼은 큰 늘씬한 키에 남자처럼 거친 왈패 같은 봉숙이의 성격까지도 승희 눈에는 사랑스럽게 보인다.

둘은 오늘 4교시 음악 수업 시간에 배운 동요를 따라 부르며 논두렁 사이의 둑길을 걸어가고 있다.

"동구 밖 과수원 길. 아카시아 꽃이 활짝 폈네.

하이얀 꽃 이파리, 눈송이처럼 날리네~~"

봉숙이와 노래를 부르며 어깨를 나란히 하고 걸어가고 있는 승희는 지금 마음속으로 갈등 중이다.

'이 아이, 내가 손을 잡으면 싫어할까?'

승희는 봉숙이의 손을 잡고 걸어가고 싶은 것이다. 하지만 이 아이 봉숙이…. 어떻게 나올지 모른다. 괜히 먼저 손을 잡았다가는 귀싸대기를 맞든지, 아니면 그녀의 주먹에 면상을 강타당할 수도 있는 상황.

손… 잡을까 말까? 잡을까 말까?

갈등하던 승희는 자신도 모르게 봉숙이의 손을 잡을까 두려워 두 손을 바지 주머니에 집어넣는다. 그 와중에서도 바지 주머니에 손을 넣었다 뺐다 하는 동작을 반복하는 승희.

"둘이서 말이 없네~ 얼굴 마주 보며"

노래하던 봉숙이가 갑자기 하던 노래를 멈추고 고개 돌려 승희를 쳐다본다. 그리곤 말한다.

"사내 짜슥이 말이야."

하며 바지 주머니에 수십 번은 들어갔다 나왔을 승희의 오른손을 자신의 왼손으로 쓰윽 움켜잡는 봉숙. 그러곤 맞잡은 승희의 손을 앞뒤로 흔들며 하던 노래 이어 부르며 걸어가는 봉숙.

"생긋! 아카시아 꽃. 하얗게 핀~ 먼 옛날의 과수원길~ 과~ 수 ~ 원~ 길~"

맞잡은 봉숙이의 손에 이끌려 한가로운 풍경의 시골 경치를 감상하며 논두렁 둑길을 걷는 승희. 승희에게 여자친구라고는 어려서부터 전학 오기 전 초등학교 2학년까지 앞집에 살던 소꿉친구 지영이밖에 없었다. 지영이에게 느끼지 못했던 이성의 감정을 난생 처음으로 오늘 처음 본 봉숙이에게 느끼는 것이다. 아니, 지금 승희는 사랑의 감정을 느끼고 있는 것이다. 봉숙이에게….

자신이 갈등하고 있는 걸 마치 알고나 있었다는 듯이 먼저 손 내밀어 잡아주는 봉숙이가 사랑스럽기도 하고, 마치 친형님처럼 든든하기까지 한 승희. 시간이 이대로 멈춰줬으면 좋겠지만 그럴 리가 있나? 어느새 승희네 집 앞에 도착하게 된 두 사람.

"엄마, 엄마. 승희라예! 승희 집에 왔어예~."

대문을 두드리지만 안에서는 인기척이 없다. 몇 번을 엄마를 부르며 대문을 두드리던 승희. 엄마의 부재를 확인하고선 대문 옆 담벼락 위에 비상용으로 숨겨 둔 열쇠를 찾아 문을 열고 들어간다. 아무도 없는 집으로 들어가게 된 두 사람.

비상용 열쇠로 대문을 열고 들어간 승희와 봉숙은 철문으로 된 현관문마저 비상 열쇠로 열고 집 안으로 들어간다. 엄마가 부재중인, 아무도 없는 집에 단 둘이서 있게 된 봉숙과 승희. 둘 사이에 잠시 어색한 기운이 흐른다. 씩씩하던 봉숙이도 시선을 어디 둘지 몰라 집안 곳곳을 두리번거리고 있다. 잠시 후 침묵을 깨고 승희가 봉숙이에게 말한다.

"저기 거실 맨 끝 쪽 구석진 방이 내 방이야. 거기 내 책장에 소년중앙이랑 새소년(필자가 어릴 때 발행되던 어린이용 월간 잡지) 잡지책이 있는데 내 방으로 가서 같이 볼래?"

"야, 나는 어깨동무 - 역시 당시 유행하던 어린이용 월간 잡지 - 하나 받아보는데 니는 두 개나 받아보나? 역시 대구서 온 승희는 다르네. 우리 매달 사서 서로 바꿔보면 되겠다. 그쟈?"

당시 어린이들이 즐겨 보던 소년중앙이랑 새소년, 어깨동무라는 어린이용 월간 잡지 이야기가 나오자 어색했던 분위기는 어느새 눈 녹듯 사라지고, 두 아이는 신이 나서 승희의 방으로 들어간다.

방에 들어가자마자 봉숙이의 눈이 휘둥그레진다. 승희의 방 책장에는 월별로 꽂혀진 새소년, 소년 중앙이란 잡지책 외에도 그간 자신이 못 보던 온갖 책들이 책장 가득 꽂혀 있었기 때문이다. 사실 초등학교 저학년 시절의 승희는 책 읽는 걸 좋아해서 대구에서 초등학교 2학년 때까지 샀던 모든 만화책과 잡지들, 그리고 동화책까지 모조리 경주로 이사 올 때 가져왔던 것이었다. 대구에 그냥 두고 오자는 어머니 말에 울며불며 떼를 써서 억지로 경주까지 가져왔던 것이다. 지금 책장 속의 책들은 그야말로 승희에게는 보물 같은 존재였던 것!

"아, 클로버 문고에서 나온 **바벨2세**(새소년이란 어린이 잡지에 연재 되던 만화)랑 **대야망**(잡지 '새소년' 에 연재되었던 만화. 연재가 끝나자 클로버 문고에서 단행본으로 발행되었기에 당시의 승희가 사서 즐겨 읽던 만화책이었다.)이란 만화도 있네. 내가 제일 좋아하는 만화책이데이~. 나는 만화방에서 이 책 봤었는데⋯. 너그 아부지 부잔갑다. 이런 책도 다 사주시고~"

승희는 생각한다. '무슨 가시나가 순정만화 같은 거는 안 좋

아하고 머시마 같이 바벨 2세나 대야망 같은 만화를 좋아하
노?'

역시 봉숙이에게는 여자애라기보나는 사내아이의 성향이 더
많은 듯하다. 최배달의 일대기를 그린 '대야망'에 꽂혀 한참동
안을 만화책에 몰입해 있던 봉숙이. 그 옆에서 그런 그녀를 하
릴없이 힐끔힐끔 훔쳐보던 승희. 조금 전 빗속에서의 달달했던
분위기는 오간데 없고 다시 원래의 초등학교 3학년의 순진무
구한 아이들로 되돌아간 듯한 두 사람이다. 그렇게 한참동안을
만화책에 몰입하던 봉숙이가 갑자기 고개 돌려 자신을 흘끔흘
끔 훔쳐보던 승희를 쳐다본다.

"야~, 백승희! 니 아까 학교에서 내가 했던 말 벌써 잊었나?
몰래 내 얼굴 훔쳐보면 내한테 맞아 디진다 안 카더나? 니 안되
겠데이…. 내 따라 나온나."

말은 그렇게 하지만 봉숙이의 표정은 그리 화난 듯 보이진 않
는다. 아마도 '대야망'이란 만화책을 보던 봉숙이가 몸이 근질
거리는 모양. 승희와 만화책의 한 장면을 재현하고 싶은 듯 자
신을 뒤따라 거실로 나온 승희와 마주선 채 봉숙이가 말한다.

"니하고 내하고 대련 한 판 하자! 나는 태권도 검은 띠데이!"

자신의 집에 놀러온 봉숙이에게 만화책을 보여 줬다가 태권도 대련이라는 불똥이 튀게 된 우리의 주인공 승희. 사실 승희도 이곳 경주로 전학 오기 전 대구에서의 초등학교 2학년 시절 동네 태권도 도장에서 몇 달 동안 태권도를 배웠다. 어릴 적부터 병약하여 잔병치레가 잦았던 승희가 태권도를 배우면 튼튼해지지 않을까 생각한 어머니 손에 이끌려 다녔던 것이다. 그런데 태권도 도장이 갑자기 문을 닫아 어쩔 수 없이 태권도를 그만 두었지만, 그래도 승희는 노란 띠까지는 달았던 것이다.

한편 승희 앞에서 대련을 위해 마주 선 봉숙이는 자신을 태권도 검은 띠라 소개한다. 승희는 지금 봉숙이와의 태권도 대련을 앞두고 있는 이 상황이 두렵지는 않다.

"여자아이가 태권도 검은 띠라고 해봤자지. 나도 노란 띠까지는 달아봤는데 설마 저 아이한테 지기야 할까…."

이곳 경주로 전학 후 처음 만남과 집으로의 동행, 내리던 봄비 속에 피어오르던 사랑의 감정은 어느새 사라지고 지금 이 순간, 승희는 남자의 자존심을 걸고 저 선머슴애 같은 봉숙이에게 사내다운 자신의 매력을 보여주리라 다짐한다.

'처음 만난 날 저 아이의 기세를 꺾어 놓아야 한다. 그렇지 않으면 3학년 학기 내내 봉환이, 봉열이, 승봉이로 구성된 봉트

리오처럼 나 역시도 저 아이의 똘마니로 지내야 할지도 모른다.'

"야~ 백승희. 니 지금 무슨 생각하노? 차렷! 경례! 자~ 이제 시작한데이."

기습적인 봉숙이의 '차렷, 경례' 구호 소리와 함께 두 사람의 태권도 대련이 시작되었다. 주먹 쥔 양 손을 가슴에 붙이고 다리를 앞뒤로 서로 바꿔가며 빙빙 원을 그리며 도는 두 사람. 본격적인 대련에 앞서 이들은 서로를 탐색 중인 것이다.

몇 번의 탐색전 끝에 주먹도 휘둘러보고 앞차기, 옆차기, 뒤돌려 차기 등 자신의 모든 태권도 기술을 봉숙이에게 시도해보았지만 승희의 주먹과 발은 봉숙이의 몸 근처를 스쳐보지도 못한다.

'아… 이 아이… 빠르다. 그리고… 나보다 고수다.'

자신의 공격을 무력화시키는 봉숙이의 날렵한 몸놀림을 직접 경험한 승희는 그제야 봉숙이가 진짜로 태권도 검은 띠의 유단자임을 실감하게 된다.

'이제 폭풍처럼 몰아칠 이 아이의 공격을 어떻게 막아내야 하나…'

봉숙이의 빠른 몸놀림을 보고 겁먹은 승희. 한동안 말없이 승희의 공격을 피하기만 하던 봉숙이가 이제 말한다.

"야, 니 공격 다 끝났나? 이제 내 차례데이. 각오하거래이."

봉숙이가 말하던 그 순간!

누군가 현관문을 열고 들어오는 소리.

어머니였다.

외출 나가셨던 어머니께서 집으로 돌아오신 것이다.

문 열리는 소리가 들리던 현관으로 무심코 고개 돌린 승희….

그 순간 봉숙이의 거침없는 하이킥이 승희의 턱을 강타한다. 그것도 아주 제대로.

"퍽!"

마치 잘 익은 커다란 수박을 들고 가다 단단한 시멘트 바닥에 떨어뜨렸을 때 날 법한 소리가 승희의 귀에 들린다. 아니 방금 외출했다 돌아오신 어머니 귀에도, 거침없는 하이킥을 승희의 턱에 정확하게 명중시킨 봉숙이의 귀에도. 아주 생생하게 들린다.

그리고 거실 마룻바닥에 나뒹굴고 있는 길고 하얀 물체 하나.

그 하얀 물체를 가운데 두고 봉숙이에게 앞차기로 턱을 강타당해 정신이 반쯤 나간 승희와 자신의 필살기인 공포의 하이킥

을 승희의 턱에 그대로 명중시킨 봉숙이, 그리고 막 귀가해 현관문을 여는 순간 이 광경을 목격하신 어머니까지 모두가 머리를 맞대고 모여 든다.

이게 뭐지? 하며 거실 바닥에 있는 하얀 물체를 확인한 세 사람….

이다. 그것도 아주 길고 하얀 이.

봉숙이가 턱을 강타하던 순간, 그 충격으로 승희의 대문니 하나가 튀어나와 거실 바닥에 나뒹굴고 있던 것이었다.

"하이고… 야들아, 이기 무슨 일이고? 니는 또 누고? 니는 누군데 우리 집에 와서 승희한테 무슨 짓을 한기고?"

집으로 들어오는 순간 봉숙이의 하이킥이 귀여운 막내아들 승희의 턱에 적중하던 장면과 그 후 승희의 입에서 대문니 하나가 튀어나오는 장면까지 목격하신 어머니께서는 승희의 대문니를 들고 기가 찬 듯 말씀하신다.

"지… 지는 스…승희랑 같은 반 친구 보…봉숙이라고 합니더. 오늘 전학 온 승희랑 같은 반 친구라예. 알고 보니 같은 동네 살기에 오늘 학교 마치고 같이 집에 오다 승희 집에 놀러 왔던 거구예."

씩씩하고 패기 넘치던 봉숙이는 어디론가 간 곳 없고, 승희의 대문니 하나를 작살냈다는 죄책감과 그 뒷일을 감당할 생각에 두려움에 빠져 말까지 더듬거리며 대답한다. 한편 봉숙이의 하이킥에 턱을 강타당해 정신이 반쯤 나갔던 승희가 거우 정신을 차리고 피투성이가 된 입으로 어머니께 말한다.

"어⋯엄마. 난 괜찮심니더. 봉숙이는 오늘 처음 만난 우리 반 친구라예. 집은 우리 동네에 있어예. 전학 온 첫날 나랑 친하게 되어서 우리 집에 놀러왔다 장난치다가 그만⋯."

"하이고야, 무슨 장난을 아 이가 튀어나올 정도로 이리 심하게 치냔 말이다. 안 되겠다. 빨리 병원으로 가자."

경황없는 와중에서도 승희의 어머니께서는 침착하게 피투성이가 된 승희의 입 주위를 깨끗한 물수건으로 말끔히 닦으시고, 승희의 대문니를 깨끗한 손수건에 감싼다. 그리고는 택시를 불러 시내에 위치한 치과로 발걸음을 재촉하신다.

따라올 필요 없다는 승희 어머니의 말에도 불구하고 본의 아니게 승희에게 엄청난 테러(?)를 가했던 봉숙이도 죄지은 듯 고개를 푹 숙인 채 승희 모자를 따라 나선다. 치과로 가는 택시 뒷좌석에 나란히 앉은 승희와 승희 어머니, 그리고 택시 앞자리에서 걱정스러운 듯 승희를 지켜보는 봉숙이. 당시의 봉숙이는 과연 어떤 심정이었을까?(나중에 세월이 흘러 내가 봉숙이한테 직접 들은 이야기로는 당시 봉숙이는 승희에게 너무나 미안해서 자신의 대문니 하나를 치과 선생님한테 뽑아달라고 부탁하려 했다고 한다. 그걸로 승희의 빠진 이를 대신해 심어달라고⋯. 아마도 그건 봉숙이의 진심이었을 것이다. 왜냐하면 그 사건 이후 그녀와 나 사이에는 내가 갑, 그녀가 을이라는 관계가 평생 지속되었으므로!)

때마침 퇴근 시간이 가까웠던 승희의 아버지께서도 이 소식을 듣고 근무하시던 시청에서 가까운 치과로 오시게 되었다. 승희, 승희의 부모님, 그리고 봉숙이까지 네 사람은 지금 치과에 와 있는 중이다. 치과 원장님께서 승희의 이 상태를 보고 한마디 하신다.

"남은 대문니 하나도 손상이 심해서 마저 뽑아야 하겠는데요."

사실 승희의 하나 남은 대문니도 손으로 잡아당기면 쑥 빠질 정도로 심하게 흔들거리고 있었던 것이다. 아무런 대책도 없이 남은 대문니도 마저 뽑아야 한다는 치과 원장님의 말에 승희의 아버지께서는 단호하게 말씀하신다.

"남은 대문니까지 마저 뺄 수는 없습니다. 저흰 그냥 집으로 돌아가겠습니다."

무슨 의학 지식이 있어 그런 건 아니지만 아무튼 승희의 아버지께서는 승희의 남은 대문니 하나만큼은 아무리 흔들려도 뽑으면 안 된다고 생각하신 듯하다.(요즘처럼 일부러 생니를 뽑아 가짜이를 심는다든지 임플란트를 해 놓는 기술이 1975년경에는 없었다. 의료 기술을 믿고 아무런 대안 없이 대문니 두 개를 잃는다는 건 앞으로 승희의 일생을 두고 평생 후회할 일이 될 수 있다고 사건 당시의 승희 아버지께서는 생각하신 것이다. 나중에 승희가 어른이 되어 치과의사인 친구들에게 들어 알게 된 사실이지만 당시 승희의 이도 빠진 즉시 그 자리에 끼워 넣었으면 살릴 수도 있었다고 한다. 아마도 사건 당시 승희를 치료했던 경주의 치과의사는 돌팔이였던 듯하다.)

집으로 돌아오는 택시 안에서의 네 사람, 택시 앞자리에는 승희 아버지가, 택시 뒷자리에는 운전석 뒤에 승희 어머니, 가운데 앉은 승희, 승희 우측에는 봉숙이가 앉아 있다. 침묵을 깨고 승희 아버지께서 고개 돌려 봉숙이에게 말씀하신다.

"집사람한테 이야기 들었다. 니 이름이 봉숙이라고? 아까 집에서 이런 사고가 생겨 무척 놀랐제? 애들끼리 놀다보면 이런 일도 생길 수 있으니 너무 미안하게 생각 안 해도 된다. 대신! 앞으로 우리 승희 잘 부탁한데이…. 보아하니 얼굴도 예쁘게 생기고 운동도 잘 하는 거 같으니 앞으로 1년 동안 봉숙이 니가 우리 승희 잘 보살펴 달란 말이다. 알겠제?"

하이킥 사건 이후 내내 고개 숙인 채 말이 없던 봉숙이가 승희 아버지의 따뜻한 말에 참았던 울음을 터뜨린다. 막상 그날 사고의 최대 피해 당사자인 승희 역시 어깨를 들썩이며 울음을 터뜨리는 봉숙이가 너무도 안 돼 보여 그저 안타까운 마음으로 그 광경을 지켜보고 있을 뿐이다. 대문니 하나가 없이 앞으로 살아가야 한다는 게 어떤 의미를 가지는 일인지, 정작 승희 본인은 스스로 알지 못하는 듯하다. 그저 승희는 옆자리에서 어깨를 들썩여가며 울고 있는 사랑스런 봉숙이가 너무나 안쓰럽고 안타깝기만 할 뿐이다.

초등학교 3학년 승희의 말도 많고 탈도 많았던 경주에서의 전학 첫 날, 첫사랑 봉숙이라는 하늘이 보낸 평생의 친구와 그녀가 선사한 영광의 상처(?)를 자신의 몸에 남긴 채 그렇게 지나가고 있었다.

동굴 속으로

    북한은 1971년 9월 25일 김일성의 명령에 따라 땅굴작전을 개시하였다. 이른바 '9·25교시'라 일컬어지는 명령에서 김일성은 "남조선을 해방하기 위한 속전속결 전법을 도입하여 기습전을 감행할 수 있게 하라."고 지시하였다. 이에 따라 북한에서는 각 군단별로 땅굴작전이 수행되었으며, 현재까지 약 20여 개의 땅굴이 굴착된 것으로 추정되고 있다.

    북한의 땅굴은 1974년 11월 15일 고랑포에서 처음으로 발견된 후 1975년 3월 19일 철원에서, 1978년 10월 17일 판문점 부근에서 차례로 발견되었다. 이때까지만 해도 북한의 땅굴은 서부와 중서부전선에 집중된 것으로 판단되었다. 그러나 1990년 3월 3일 강원도 양구 북방에서 4번째 땅굴이 발견됨에 따라 우리나라의 모든 전선에 땅굴이 존재한다는 것이 확인되었다. 발견된 땅굴은 순서에 따라 제1, 제2, 제3, 제4땅굴로 명명되었다.

[네이버 지식백과] 땅굴 [땅굴] (한국민족문화대백과, 한국학중앙연구원)

　봉숙이의 하이킥 한 방에 대문니 하나 빠진 갈가지 신세가 된 승희가 경주로 전학 온 지도 어느 듯 17일이 지난 1975년 3월 19일의 아침.

　등교 준비를 마친 승희가 집 대문 밖을 나서자 한참 동안이나 집 밖에서 서성이며 기다리던 봉숙이가 반갑게 승희를 맞이한다. 그런 봉숙이를 보고 대문니 하나 없는 입을 크게 벌리며 웃는 승희. 둘은 어깨를 나란히 하고 다정하게 등굣길에 나선다.

　봉숙이의 하이킥 사건이 있은 후로부터 3학년 1반의 짱인 봉숙이는 승희의 보호자 겸 보디가드가 되었다. 3월 3일의 그 사건 이후, 3학년 1반 아이들 중 어느 누구도 앞니 하나 빠진 승희를 보고 웃거나 놀리지 않았다. 심지어 왜 그리 되었는지 승희에게 묻는 아이조차 없었다. 아마도 봉숙이가 승희의 사연에 대해 입도 뻥긋하지 말라고 반 아이들에게 단단히 으름장을 놓았던 게 틀림없다.

　아이들의 입장에서도 왈패 같은 봉숙이의 심기를 불편하게 했다간 그녀의 하이킥 한 방에 대문니가 빠진 승희 신세가 될 수도 있다 생각하였을 것이다. 그래서 그런지 모두 입을 굳게 다물고 봉숙이의 눈치만 살피고 있는 분위기다.

승희에게 평생 지울 수 없는 크나큰 영광(?)의 상처를 남겼던 봉숙이. 맨 먼저 학교에 와서 하는 일은 교실 맨 뒤의 승희 자리로 가서 책상 위에 승희를 앉게 한다. 그리고 '아' 하고 소리 내어 입을 벌려보라는 것이다. 승희의 치아 상태를 확인하려는 것이다.

다른 아이들의 시선이 부끄러워 쭈뼛거리던 승희는 "야! 입 안 벌리나?"하며 무섭게 소리치는 봉숙이의 고함소리에 어쩔 수 없이 입을 벌려 대문니 하나 빠진 이를 보여 준다. 말 그대로 속 다 보여주는 승희다. 하이킥 사건 당시 치과 의사가 마저 뽑자고 했던 하나 남은 승희의 대문니는 다행스럽게도 시간이 지나면서 차차 자리를 잡아 이젠 흔들거리지도 않고 제자리에 잘 고정되어 있는 상태다.

이런 승희의 상태를 매일 체크하는 봉숙이와 그런 봉숙이의 관리를 받는 승희. 이럴 때 승희는 봉숙이가 마치 엄마처럼 느껴지기도 한다. 물론 반 아이들은 봉숙이가 무서워 아무도 이러는 둘을 쳐다보지 않는다. 봉숙이와 승희의 이런 기이한 의식은 함께 학교를 다니던 3개월 동안 내내 계속되었다.

칠판 옆 귀퉁이에 붙어있는 스피커에서 수업 시작하는 종이 울리자 교실 앞문이 드르륵 하고 열린다. 그리고 담임 선생님께서 들어오신다. 교탁 앞에 선 승희의 담임 봉기태 선생님이 한마디 하신다.

"에~, 오늘 아침에 강원도 철원에서 북한이 판 남침용 땅굴이 발견되었다. 작년에 이어 벌써 두 번째다. 모두 뉴스 들어서 알고들 있제?"

담임 선생님의 말이 떨어지자 아이들이 웅성거리기 시작한다.

"북한 놈들이 땅굴 파서 쳐들어오면 우리 다 죽는 거 아이가?"

"야~야, 우리가 사는 경주까지 땅굴 파서 쳐들어 올 일 없다."

"아이다. 땅굴은 2개만 발견됐지만 북한에서는 엄청나게 많은 땅굴을 팠다고 우리 아부지가 말씀하셨다카이."

"북한 놈들이 우리 학교 운동장까지 땅굴 파서 학교로 쳐들어오는 거 아이가?"

아이들이 웅성거리기 시작하자 선생님께서 말씀하신다.

"자 자, 조용하고 모두 주목! 이럴 때일수록 너희들은 부모님 말씀 잘 듣고 공부 열심히 해야 한다. 그기 너희들이 나라에 애국하는 길이다. 알겠나?"

"예!"

합창하듯 대답하는 3힉년 1반 아이들.

역시 1975년의 순박하고 착한 경주 ㄱ초등학교의 3학년 1반 아이들답다.

6교시를 마친 아이들의 하굣길.

아침저녁으로는 아직 쌀쌀한 기운이 감돌지만 한낮에 비치는 따사로운 햇살이 봄이 왔음을 실감하게 하는 3월의 어느 한가한 수요일의 오후다. 하이킥 사건 이후 승희의 보호자이자 보디가드임을 자처하게 된 봉숙이가 승희와 어깨를 나란히 하고 걷고 있다. 그런데 가만히 보니 둘만이 아니다. 봉숙이와 승희 옆에 남자아이 세 명이 같이 동행을 하고 있다. 어찌된 일일까?

잠시 시간을 거슬러 1교시 수업을 마친 3학년 1반 아이들의 교실로 되돌아가 보자.

1교시 마치고 쉬는 시간, 3학년 1반에서 힘깨나 쓰는 남자 아이들 몇몇이 교실 뒤에서 이야기하고 있다. 북한의 남침용 땅굴이 발견됐다는 담임 선생님의 얘기를 화제로. 자신의 자리에서 2교시 수업을 준비 중인 승희는 아이들의 이야기에 별 관심이 없지만 자신의 귀에 아이들의 대화 소리가 들려오는 건 어쩔 수가 없다.

"우리가 사는 경주에도 땅굴이 있데이. 난 땅굴 봤다."

남자 아이들의 리더격인 봉환이가 말한다.

"야, 말도 안 되는 소리 하지마라. 북한 놈들이 우리가 사는 경주까지 땅굴을 팠단 말이가? 뻥 때리지 마라. 좀!"

봉 트리오 중 하나인 봉열이가 봉환이의 얘기에 어이없어 한다.

"야~ 봉열이! 니 지금 내가 거짓말 한단 말이가?"

봉환이가 고개를 돌려 봉열이를 째려보자 앗 뜨거라 싶어 고개 숙이는 봉열이.

"그… 그래. 보… 봉환이가… 서…설마 거…거짓말…했겠나. 마…맞제 봉환아?"

더듬거리는 말투로 갑자기 찬바람이 쌩쌩 부는 분위기를 수습하려는 승봉이. 이때 누군가 큰 목소리로 이들의 대화에 끼어든다.

"야, 김봉환. 니 지금 어데서 애들한테 거짓말하고 있노?"

봉숙이다. 거짓말이라는 봉열이 말에는 서슬 퍼렇던 봉환이가 봉숙이가 말하자 꼬리를 내리며 읍소조로 봉숙이에게 말한다.

"저…정말이라니까. 땅굴 봤다니까…. 지난 일요일 형이랑 애기청소에 고기 잡으러 갔다가 그 근처 숲속에서 땅굴을 봤단 말이다. 우리 형도 봤고, 사람도 들락날락하는 거 같던데…."

봉환이의 이야기를 듣던 봉숙이가 무언가 골똘히 생각하더니 의미심장한 표정으로 봉환이에게 말한다.

" 오늘 수업 마치고 가보자. 가서 땅굴 없으면 니 내한테 맞아 디질 줄 알거래이."

"아…알았다. 그라마 수업마치고 봉숙이 니캉, 내캉, 봉열이, 승봉이 요래 넷이서 가보자."

"야~ 다섯 명! 승희도 데리고 가야한다. 승희는 집에까지 내가 델따 줘야 한단 말이다."

"그…그래. 그라마 승희도 데리고 가자."

이렇게 되어 승희도 졸지에 수업을 마치고 땅굴 찾으러 아이들과 같이 가게 된 것이다.

뭐 그래도 봉숙이와 함께라면 어디든 어떠랴. 그게 북한 놈들이 판 땅굴 속인들! 그렇게 하여 승희와 봉숙이, 그리로 봉환이, 봉열이, 승봉이로 구성된 봉트리오 이렇게 다섯 아이는 애

기청소라 불리는 저수지를 향해 가게 된 것이다. 북한군이 파 놓은 땅굴 찾으러.

> 누대 위에서 바라보는 넓은 봄 경치 날은 저물었으니
> 옛날의 일을 슬퍼하며 다시 높은 누대에 오른들 어찌 견디랴
>
> 언덕 동산에는 냉이와 보리가 봄빛을 다투고,
> 성곽이나 백성들은 옛날과는 다르구나
>
> 완적은 애오라지 광무성에 올라 초한(楚漢) 전쟁터를 보며 탄 식했고
> 양호의 종사(從事) 추담은 부질없이 현산의 슬픔을 지었구나
>
> 흥망은 만고에 이 금장대와 같거늘,
> 슬픈 노래로 시경의 서리편을 읊을 필요 없으리
>   - 조선시대 조위의 〈금장대 이수〉

예기청수(藝妓淸水).
경주 사람들에게 '애기청소'라 불리는 이곳.
사실 이곳은 저수지가 아니라 형산강의 한 지류이다.

울산광역시 울주군 두동면 월평리 배양골 못에서 발원한 형산강의 강물은 거의 수직으로 경주까지 북행北行한다. 건천읍의 주사산맥과 금오산맥 사이를 흘러 경주 남쪽의 내남면과 노곡리를 통과한다. 그리고 성건동을 지나 동국대학교 경주 캠퍼스가 보이는 합수머리에서 보문호에서 흘러 내려오는 북천과 합쳐져 형산강이 된다. 경주 시가지의 북서쪽에 위치한 이곳을 사람들은 '애기청소'라 부른다.

깊은 소(沼, 못 혹은 늪)가 있어 예기청수 혹은 애기청소라 불리는 이곳에는 두 가지 전설이 있다. 신라 자비왕 때 을화라는 기생이 이곳에서 왕과 연회를 즐기던 도중 실수로 빠져 죽었다는 것과 신라시대 귀족의 딸인 예기라는 처녀가 결혼을 앞둔 어느 날 친구들과 금장대에서 소나무에 매어둔 그네를 타다가 떨어져 강물에 빠져 죽었다는 것이다. 이들이 죽은 후부터는 매년 이곳에서 익사 사고가 일어나고 있다는 이야기가 전해진다. 북천과 남천이 서천(형산강)을 만나 의뭉하게 감아 도는 소沼를 경주 사람들은 물귀신이 잡아당기는 애기청소라 부르며 두려워하는 것이다.

이곳은 물이 좋고 절벽이 있다. 그 위쪽에는 조선시대에 금장대라는 정자가 있던 곳으로 경주팔괴 중의 하나인 금장낙안에 해당한다. 이 절벽 중턱의 바위를 파낸 곳에 암각화가 새겨져 있는데 이 암각화는 당시 승희가 초등학교를 다니던 1975년에서 19년이 지난 1994년 동국대학교 학술 조사단에 의해 발견, 조사되었다 한다.

경주 성건동, 즉 성건리는 소설가 김동리 선생이 태어난 마을이다. 경주에서 나고 자란 사람들도 최근 건천에 생가가 복원된 청록파 시인 박목월 선생은 알지만 어릴 적 이곳에서 살다 대구 계성중학교로 진학, 후에 서울 경신중학교로 편입했던 김동리 선생에 대해서는 잘 알지 못한다. 김동리를 어느 평론가는 '과학을 배우기 전에 미신을 배워버린 소설가' 라 말했다던가? 한학漢學하는 집안에서 태어난 그는 어릴 적 어머니를 따라 교회에 다녔다. 그가 기독교를 알지 못했다면 김동리 소설은 샤머니즘과 토속신앙과 불교의 정신세계를 벗어나지 못했으리라.

유년 시절 금장대 아래 검고 푸르게 흐르는 예기청수를 보며 강한 인상이 남았을 그가 성인이 되어 기독교적 시각의 〈사반의 십자가〉나 토속신앙의 〈무녀도〉, 불교적 색채가 강한 그 유명한 소설 〈등신불〉 같은 명작을 서울 연건동의 자신의 하숙집에서 쓰는 장면을 우리는 상상할 수 있다.

본론으로 돌아가서,

승희 일행은 집으로 가는 대신 이 무시무시한 전설이 떠도는 애기청소란 늪을 향해 가고 있다. 북한군이 파 놓은 땅굴을 찾겠다며.

승희가 묻는다.

"야! 근데 애기청소가 무슨 뜻이고?"

"아, 그거는 애기랑 청소년들이 그 못에 많이 빠져 죽는다 캐서 애기청소라 안 카나…."

봉환이가 대답한다. 승희는 봉환이의 말만 믿고 애기청소가 진짜 애기랑 청소년들이 많이 빠져 죽어서 그런 줄로만 안다. 나중에 어른이 되어서까지도 말이다.

"아! 맞나? 그라마 우리 같은 아이들이 많이 빠져 죽는 곳이 겠네?"

봉환이의 설명을 들은 승희는 문득 두려움이 앞선다.

"애기청소에는 예쁜 물귀신이 살고 있다 안 카나. 저수지에서 낚시하거나 물놀이 하던 사람들이 갑자기 정신이 나가서 물속으로 걸어 들어가는데, 사실은 물귀신이 사람을 홀려 정신나가게 해 놓고 두 손을 잡고 물속으로 끌고 들어간다 카더라. 그런데 그 물귀신은 한번 사람 손을 잡으면 그 사람이 물속에서 죽을 때까지 절대 손을 안 놓는다 카더라."

"야! 무섭구로! 이제 그 이야기 고마해라!"

씩씩한 봉숙이도 봉환이의 이야기가 무서운 듯 잔뜩 겁에 질린 표정이다.

"암튼 간에 봉환이 니 애기청소 가서 땅굴 못 찾으면 알아서 해레이."

"아…알았다. 진짜 땅굴 있다카이. 내 눈으로 똑똑히 봤다카이."

봉숙이가 윽박지르자 억울한 듯 봉환이가 대답한다. 봄날의 햇볕이 경주의 시골 길을 따사로이 비추는 가운데 우리의 주인공 승희와 봉숙이, 그리고 봉 트리오. 이렇게 다섯 아이들은 북한군이 파 놓은 땅굴 찾으러 물귀신이 산다는 무시무시한 애기청소를 향해 발걸음을 옮기고 있는 중이다.

이윽고 승희 일행이 애기청소에 도착했다. 아이들 눈앞에 애기청소가 있다.

푸른빛과 검은빛이 뒤섞인 듯 도무지 깊이를 알 수 없는 애기청소의 물빛에 아이들의 표정이 어두워진다. 아니 아이들은 두려운 것이다. 애기청소에 산다는 물귀신한테 홀려 물속으로 빨려 들어갈까 봐.

"어데고?"

봉숙이가 의심스러운 눈빛으로 봉환이를 닦달한다. 봉환이의 검지가 어느 한 지점을 가리키자 나머지 아이들의 시선이 일제히 봉환이가 가리키는 손가락의 끝 지점을 향한다. 애기청소가 있는 물길 너머 울창한 숲속을 가리키는 봉환이.

"가보자"

봉숙이를 따라 아이들은 애기청소 주위를 돌아서 봉환이가 지목한 숲을 향해 걸어가기 시작한다. 봄이 온 3월의 애기청소에는 승희 일행 외에는 사람의 인적이 뚝 끊긴 상태다. 사실 경주 사람들은 애기청소 주위에 오는 걸 두려워한다. 실제로 이곳에선 계절을 불문하고 어른이나 아이 할 것 없이 매년 익사사고가 끊이질 않기 때문이다.

강을 돌아 봉환이가 지목한 숲 입구에 도착한 아이들. 막상 숲속으로 들어가려니 두려움이 앞선 아이들이 머뭇거리기 시작한다.

"봉환이 니가 땅굴 있는 장소 안다 카이, 앞장서야 안 되겠나?"

순간 표정이 어두워진 봉환이가 알았다는 듯이 체념한 표정으로 앞장서서 숲속으로 터덜터덜 걸어 들어간다. 나머지 아이들도 봉환이를 따라 하나 둘 숲속으로 들어간다.

승희가 초등학교 3학년 학생이던 1975년의 애기청소는 훗날 금장대 주변 절벽에 새겨진 청동기시대 유적인 암각화가 발견되기 훨씬 이전이었다. 지금처럼 관광지로 개발되지 않은 상태여서 사람의 발길이 닿지 않은 곳이 많았기에 주변에 울창한 숲이 많았다.

하늘 높이 자란 빽빽한 나무들 때문에 햇빛이 잘 들어오지 않는 어두컴컴한 숲속을 앞장서서 가던 봉환이가 갑자기 걸음을 멈춘다. 그리곤 아이들에게 쉿! 하며 자신의 검지를 입에 댄다. 이어서 때마침 자신의 눈앞에 있던 커다란 바위 뒤로 황급히 몸을 숨기는 봉환이를 따라 나머지 아이들도 영문도 모른 채 몸을 숨긴다.

굴이다!

햇빛이 잘 들지 않는 애기청소 주변의 울창한 숲속. 그 숲속의 나무들 사이에 가려져 보일 듯 말듯 하지만 봉환이 말대로 입구가 제법 크고 시커먼 굴이 존재하는 것이다. 다만 땅굴이 아닌 동굴인 듯 하고, 굴 입구 주변은 바위로 이루어진 돌산이 존재하고 있는 듯하다.

"진짜로 땅굴이 있기는 있네."

봉열이가 말한다.

"야! 저건 땅굴이 아니고 동굴이다. 굴 입구 주변이 온통 바위 아이가? 저런 걸 동굴이라 카는 기다. 알것나?"

봉숙이가 말하자 아이들이 일제히 고개를 끄덕인다.

"야! 그라마 저거는 북한군이 판 땅굴은 아이겠네?"

승희의 말에 봉숙이가 대답한다.

"하모! 저거는 예전부터 있던 그냥 동굴이라 카이. 아무 것도 아…"

봉숙이가 갑자기 하던 말을 멈추고 동굴 입구를 가리킨다.

사람이다. 동굴 입구에 사람의 모습이 보이는 것이다. 챙이 큰 밀짚모자를 푹 눌러써 얼굴이 자세히 보이진 않지만 틀림없는 사람이 동굴 입구에 서 있다. 숨죽여 그 광경을 아이들은 지켜본다.

잠시 후 동굴 속에서 사람들이 나온다. 이번엔 하나 둘이 아니다. 그들 역시 밀짚모자를 눌러 썼다.

굴 입구에 약 10명의 사람들이 모여 무언가 이야기한다. 그러다 일제히 모자를 벗는다.

굴에서 20미터도 떨어지지 않은 바위 뒤에서 숨죽여 지켜보던 아이들이 그 광경을 보자 혼비백산한다.

아… 이 사람들! 얼굴이 없다.

얼굴 없는 사람들이라니….

그 광경을 본 아이들은 공포에 질려 그대로 달아난다. 아이들 중 가장 겁이 많은 승봉이를 필두로 봉열이와 그들의 대장 봉환이까지. 이들을 따라 달아나려는 승희 손을 꾹 잡고 안 놓는 봉숙이. 사색이 된 승희가 봉숙이의 손을 뿌리치고 달아나려 하지만 봉숙이는 이런 승희를 놓아줄 생각이 없나 보다.

아니 오히려 더 세게 승희의 손을 잡는 것이다. 승희가 봉숙이의 손을 뿌리치려 바둥거리는 동안 동굴 앞에서 서성거리던 사람들이 어디론가 간 듯 보이질 않는다. 그제야 한참 동안을 움켜잡았던 승희의 손을 놓는 봉숙이. 승희는 얼굴을 찡그린 채 아프다는 듯 원망스런 눈빛으로 봉숙이를 올려다본다. 이런 승희를 말없이 가만히 지켜보던 봉숙이가 나지막한 목소리로 승희에게 말한다.

"문둥이들이야. 나병환자들이라고도 하지…."

(문둥병의 원래 명칭은 이 병의 바이러스를 발견한 노르웨이의 의학자 한센

의 이름을 따 '한센병(Hansen Disease)' 또는 '나병(Leprosy)' 이라고도 했다. 초기 발견 시에는 쉽게 치료가 돼 오늘날에는 일반 피부질환자와 같이 자유로이 생업에 종사하며 치료를 받고 있다.)

갑자기 어른처럼 말하는 봉숙이.

"여기서 그리 멀지 않은 황성공원 근처 숲속 어딘가에 문둥병에 걸린 사람들이 사는 마을이 있단 말을 들은 적이 있었어. 자기네들끼리 모여 살며 농사도 짓고, 가축도 키우고, 그러다 먹을 게 떨어지면 지나가는 아이들을 납치해서 잡아먹거나 그 마을 근처를 지나가는 처녀들을 납치해서 문둥이 총각의 색시로 삼는다는 사람들의 이야기를 어디선가 들었는데…. 그 사람들이 지금은 저 동굴 속에서 사는 갑다."

승희에게 겁을 주려는 듯 나지막한 목소리로 말하는 봉숙이….

하지만 이렇게 말하는 봉숙이의 표정은 여유롭기 그지없다. 마치 이들을 잘 알고 있다는 듯 전혀 무서워하는 표정이 아닌 것이다.

"문둥이? 문둥이가 뭐꼬?"

"문디야! 문둥이가 뭔지도 모르나? 이 문디 같은 짜슥…."

봉숙이의 힐난에 승희는 기가 죽어 고개 푹 숙인다.

"들어가 보자!"

"어… 어디를? 저… 동굴… 속으로…?"

"그래, 승희 니하고 내하고 저 동굴 속으로 들어가 보잔 말이다"

"저… 저길… 왜? 들어갔다 저 사람들한테 잡혀 먹힐라고?"

"말이 많나? 시끄럽다. 따라 오기나 해라!"

봉숙이가 앞장서자 쭈뼛쭈뼛 승희가 뒤따라간다. 문둥이도 무섭지만 지금 승희는 봉숙이가 더 무섭다. 아이들을 잡아먹는다는 사람들, 처녀들을 납치해 색시로 삼는다는 사람들이 사는 시커먼 동굴 속으로 봉숙이가 들어간다. 그리고 그 뒤를 마지 못해 따라 들어가는 승희.

깜깜할 줄 알았던 동굴 속은 사물을 분간할 수 있을 만큼 의외로 밝다. 동굴 벽면 군데군데 튀어나온 암석들을 선반 삼아 그 위에 누군가가 이미 켜 놓은 양초들이 동굴 내부를 밝히고 있는 것이다. 겁에 질린 채 봉숙이 뒤를 주춤거리며 따라가는 승희와 그런 승희를 아랑곳하지 않고 앞장서서 씩씩하게 걸어 가는 봉숙.

'봉숙이는 겁을 상실한 걸까? 저 아이는 얼굴 없는 사람들이 무섭지 않나보다.'

승희는 언젠가 엄마로부터 문둥병 환자들에 내해 하시는 이야기를 들은 적이 있다.

'문둥이들이 아이들을 잡아먹는다는 소문이 있는데 실은 그렇지 않단다. 사실 약만 복용하면 다른 사람에게 전염시키지도 않는단다. 괜히 사람들이 이상한 소문을 내서 그 사람들은 우리들 같은 일반 사람들이랑 어울리지 못하고 자기네들끼리 모여서 사는 거란다.'

엄마로부터 들은 이야기를 위안 삼아 앞서가는 봉숙이를 뒤따라가는 승희. 한편 앞서가던 봉숙이가 걸음을 멈춘 뒤 뒤돌아서 승희에게 말한다.

"사람이 있어…. 동굴 끝 쪽에 넓은 방 같은 것도 있고…. 아까 밖에서 본 사람들 말고도 이 안에 사람이 더 있는 것 같아"

"보… 봉숙아. 이제 그만하고 돌아가자. 아까 굴 밖에 있던 사람들이 돌아오면 어쩌려고…."

"걱정하지 마라 카이. 승희 니는 내만 믿고 따라 오면 된데이."

승희의 만류에도 불구하고 씩씩하게 동굴 속을 거침없이 걸어 들어가는 봉숙이. 겁을 상실한 건지 아니면 지금의 위험하기 짝이 없는 상황에 대한 개념이 없는 건지. 두려움에 떨던 승희가 가던 걸음을 멈추고 봉숙이를 지켜보기 시작한다. 동굴 곳곳을 밝히던 희미한 촛불 조명 속에서 흐릿한 모습으로 저 앞에 앞장서서 가던 봉숙이의 뒷모습이 보이질 않는다.

그런데….
승희의 뒤에서 사람들의 목소리가 들린다.
큰일이다! 사람들이 돌아오고 있는 것이다.
아까 동굴 입구에서 서성이다 어디론가 사라졌던 얼굴 없는 사람들, 그들이 되돌아온 듯 동굴 입구 쪽에서 사람들의 목소리가 들리는 것이다. 앞서 가던 봉숙이를 놓쳐버린 채 동굴 입구에서 들어오는 얼굴 없는 사람들을 등 뒤에서 혼자 맞이하게 된 승희. 그야말로 진퇴양난.
이럴 땐 어찌해야 할지. 승희는 이 상황에서도 침착하게 위기를 벗어날 생각을 하고 있는 중이다.
'동굴 입구에서 걸어 들어오는 사람들에게 붙잡히면 아마도 난 저 사람들한테 잡혀 먹힐지도 모른다. 봉숙이, 일단 봉숙이를 찾아야 한다.'
이렇게 생각한 승희는 앞서간 봉숙이를 찾으려 점점 더 동굴

속 깊숙이 걸어 들어가기 시작한다. 얼마를 걸어 들어갔을까? 봉숙이를 찾으러 어두컴컴한 동굴 깊숙이 걸어 들어가길 10분쯤 지났을 무렵 승희의 눈앞에 어렴풋이 봉숙이를 닮은 듯한 사람의 형체가 보이기 시작한다. 지옥에서 부처님을 만났어도 이보다 더 반가웠을까? 봉숙이를 찾았다는 반가운 마음에 이름을 부르려던 승희. 그러다 승희는 입을 다문다.

승희 눈앞에 점점 형체를 드러내는 봉숙이. 그런데 혼자가 아니다. 봉숙이 앞에 누군가 누워있고 그 사람 옆에 봉숙이가 앉아있는 것이다. 승희의 모습을 확인한 봉숙이가 웃으며 승희에게 말한다.

"뭐 그리 느리노? 머시마가 겁은 많아 가꼬…. 일로 온나!"

"보…봉숙이 니 지금 거기서 뭐하노? 니 앞에 누워있는 사람은 누구고?"

승희가 묻자 봉숙이가 웃으며 대답한다.

"응, 할머니. 전부터 알고 지내던…. 일루 와서 인사 드려라."

봉숙의 말에 할머니께 다가가서 인사드리려던 승희가 흠칫 놀란다.

이 할머니도… 얼굴이 없다. 아니 얼굴이 문드러져 있는 것이다. 코도…귀도…뺨도….

"아…아…안녕…하세요. 할머니. 저…저는 봉숙이 친구 스…승희라고 합니더. 서…성…성은 백 가구요."

얼굴 없는 할머니가 승희에게 말한다.

"그래, 니가 봉숙이한테 까불다가 앞차기 한 방에 이가 빠졌다 카던 승희구나."

순간 승희에게 미안한 맘이 들었는지 봉숙이가 승희를 한 번 흘낏 쳐다보고 윙크한 후 할머니께 대답한다.

"어데에…, 아임니더 할매…. 그냥 둘이서 장난치다가…."

'아, 이 할머니도 문둥병 환자구나'

혼자 생각하는 승희에게 봉숙이가 설명한다.

"이곳 애기청소에서 멀지 않은 황성공원 근처에 나병환자들이 모여 사는 마을이 있어. 일 년 전부터 나랑 엄마랑 일요일마다 그곳 마을에 가서 거동이 불편한 환자분들 목욕도 시켜드리고 빨래도 해드렸어. 그리고 시내로 가서 이분들이 필요한 물건을 사다 드리는 심부름도 해 드리곤 했었지. 여기 누워 계시는 할머니는 그곳에서 나랑 친해지신 할머닌데 허리랑 무릎이 많이 아프셔서 이렇게 누워계시는 거구…."

"아…."

고개를 끄덕이는 승희. 그럼 좀 전에 동굴 밖에서 봉숙이가 승희에게 했던, 문둥이가 아이들을 잡아먹고 처녀를 납치한다는 얘기는 일부러 승희를 겁주려고 했다는 얘기? 동굴 밖에서의 얘기가 이 모든 것을 알고 있던 봉숙이가 자신을 놀리려고 일부러 한 것이란 걸 알게 된 승희는 거짓말 했던 봉숙이가 괘씸하지만 한편으로는 이런 생각이 들기도 한다.

'봉숙이는 남자처럼 싸움만 잘 하는 줄 알았더니 마음씨도 천사처럼 고운 아이구나.'

이렇게 생각하고 있는 승희 뒤로 한 무리의 사람들이 다가온다.

그리고….

그들은 봉숙이와 승희를 에워싼다.

최초의 사건은 초가을에 났다. 12명의 어린 문둥이들이 강을 건너고 있다. 그 중에서 4명이 나의 반으로 편입이 될 예정에 있었으므로 나는 아이들을 지켜보며 이 동네에 흐르는 광기와의 연관성만 생각했다. 정상의 아이들은 서서히, 때로는 후딱후딱 놀라면서 언제나 한 다스의 연필처럼 행동하는 강 저쪽 아이들의 작은 세계로 들어가려고 애를 썼다. 막 두레박을 올리는 그들의 손을 이쪽의 아이가 제지한다. 안 된다. 문둥이는 전염된다. 이 우물을 같이 쓸 수 없다. 침묵이 흐르는가 싶더니 문둥이촌 아이가 덤벼들었다.

그 아이는 딱정벌레처럼 붙어 코피가 터진 아이를 이로 물어 뜯기 시작했다. 같이 교육을 시킬 수 없습니다. 상부의 지시입니다. 문둥이가 아닙니다. 음성나환자의 자녀일 뿐입니다. 당신 자식이라도? 나는 목발을 짚고 비틀거리며 나섰다. 그래? 악수도? 그러면 그 짓도 할 수 있소? 12명의 아이가 키순으로 섰다. 너지? 맞지? 난 안다. 부모에게 가서 전해라. 너희는 아주 좋은 세상에 살고 있다고. 그 기쁨에 감사하라구. 소형주택 아래 묻힌 이장되지 못한 묘지, 죽은 자들의 유택 위에 비상하는 산 자의 거대한 힘, 그것의 막막함을 느꼈다.

—최인호의 소설 〈미개인〉 중에서

"삼촌…."

자신들을 둘러싼 얼굴 없는 사람들을 보자 반갑게 인사하는 봉숙. 이미 봉숙은 오래 전부터 이들과 친분이 있는 게 틀림없다. 다만 얼굴 없는 사람들의 번득이는 눈빛이 자신에게로 쏠리자 두려움에 고개 숙이는 승희. 그런 승희를 보고 얼굴 없는 사람들 중 한 명이 봉숙이에게 말한다.

"어…그래, 봉숙아. 그런데… 너랑 같이 있는 이 남자아이는 누고?"

"아 제 친구 승희라예. 우리 빈에서 지랑 제일 친한…. 승희야, 삼촌들한테 인사해야제?"

"아…안녕하십니꺼? 저는 봉숙이랑 같은 반에 다니는 승희라
고 합니더. 백승희…."

승희의 인사에도 불구하고 별다른 반응을 보이지 않는 사람
들. 이 사람들은 처음 본 낯선 남자 아이에게 경계심을 품고 있
는 것이 틀림없으리라.

"쟈는 와 데리고 왔노? 우리가 낯선 사람 경계하는 거 잘 알
면서…."

"아… 얘는 저랑 우리 반에서 제일 친한 친구이기도 하고
예…. 담 번에 삼촌들 사는 마을에 한번 데리고 갈라꼬 생각하
고 있었는데 오늘 마침 여기서 이렇게 만나 뵙게 되어 미리 인
사 시켜 드릴라꼬예…."

봉숙이가 대답하자 그제야 승희를 둘러쌌던 사람들이 각자
뿔뿔이 흩어진다. 그 중 봉숙이가 삼촌이라 부르던, 승희를 가
장 경계하던 남자가 봉숙이에게 말한다.

"그래…, 여기서 우릴 봐서 놀랐제? 사실 우리 마을이 이틀
전에 갑자기 폐쇄되었다. 경주라는 관광 도시의 이미지에 맞지
않는다나 어쩐다나. 며칠 전 시청에서 파견한 공무원이 우리
마을에 왔었다. 외국에서 높은 분들이 황성공원을 시찰하러 온

다면서 우리더러 갑자기 소록도로 가라는데 아무 준비도 못한 상태여서 못 간다고 버텼더니, 그러면 며칠 동안만이라도 여기 애기청소에 있는 동굴 속에서 좀 지내라 해서 이리로 온 거 아이가….”

“하이고야 그런 법이 어디 있습니꺼? 아지야들이 남들한테 해꼬지한 적도 없고, 병을 옮기는 것도 아인데 우째 사람을 이런 데 있으라 칸단 말인교?”

엄마한테 문둥병 환자들에 대한 이야기를 들은 적이 있던 승희가 분개해서 말한다. 그러자 봉숙이가 말한다.

“승희 너그 아부지가 시청에서 일하신다며? 아부지한테 이 이야기 좀 전해도. 세상에 이런 법이 어디 있냐고….”

“알따. 오늘 집에 가서 내가 아부지한테 말씀 드려 보꾸마.”

지금으로부터 40년도 더 된 1975년에나 가능했던 이야기를 우린 지금 초등학생 시절의 승희의 일화를 통해 들여다보고 있다. 하긴 아직도 소록도에는 나병환자들이 사는 마을이 여전히 존재하고 있는 현실이니….

아무튼 북한의 남침용 땅굴 발견 뉴스가 이렇게 승희에겐 또 하나의 경주에서의 잊지 못할 추억을 만들어 주었다는 이야기. 하지만 오늘 승희가 봉숙이와 함께 찾아갔었던 문둥이가 사는 동굴이 나중에 봉숙이와 승희에게 중요한 의미를 지닌 장소가 되리라고는 봉숙이도, 승희도 그때는 차마 몰랐다.

봄 소풍

벌써 5월, 어린이날을 며칠 앞둔 5월의 어느 날의 3학년 1반.

1교시 수업 시작을 앞두고 승희는 자신의 책상에 앉아 봉숙에게 입을 벌려 보이는 기이한 의식을 행하고 있는 중이다. 전학 온 첫날 봉숙의 하이킥 한 방에 대문니 하나가 날아가 버린 승희.

그 사건이 있은 지도 벌써 두 달이 지났건만 그날 이후 봉숙은 매일매일 승희의 치아 상태를 체크한다. 첫 수업이 시작되기 직전 자신의 양손으로 승희의 두 뺨을 잡은 채 입을 벌리게 하는 기이한 의식을 하는 것이다. 남들이 보면 둘이 마주보며 서로 좋아하는 걸로 착각할 만한 장면이다.

"이 틈새가 많이 메워졌네."

환하게 웃는 봉숙이가 승희에게 말한다.

승희의 없어진 대문니로 인하여 생긴 빈 공간들이 양 옆의 이들이 가운데로 서서히 모여지면서 그 틈새가 점점 메워지고 있는 것이다. 어쩌면 봉숙은 이렇게 매일매일 승희의 치아 상태를 확인하면서 자신이 저지른 승희에 대한 마음의 짐을 조금씩 덜고 있는 건지도 모른다.

잠시 후.

1교시 수업 종이 울리고 봉기태 선생님께서 들어오신다.

"에~ 내일 봄 소풍 가는 거 다들 알고 있제? 소풍 장소는 황성공원이다. 다들 내일 아침 8시까지 학교 운동장으로 집합하도록!"

"와~"

아이들의 환호성이 터져 나온다. 예나 지금이나 봄 소풍은 아이들의 로망! 1년간의 학교생활 중 가장 기다려지는 날인 것이다.

"봉숙아. 내일 소풍갈 때 맛있는 거 많이 갖꼬 올꺼제?"

1교시 수업을 마친 승희가 들뜬 마음으로 봉숙이에게 다가가서 말한다.

그런데….

뜻밖에 표정이 어두운 봉숙이.

잠시 동안 머뭇거리던 봉숙이가 승희에게 말한다.

"나… 내일 소풍 안 간다."

뜻밖의 봉숙의 대답에 승희가 되묻는다.

"와? 봄 소풍을 와 안 간다 말이고?"

잠시 머뭇거리던 봉숙이가 승희에게 말한다.

"어… 실은 엄마가 볼일이 있어 서울 가시는 바람에 내일 소풍 준비해 줄 사람이 없다. 김밥 싸줄 사람도 없고…."

"그런 게 어디 있노? 그래도 소풍 가는 날인데…. 내가 우리 엄마한테 얘기해서 니 김밥이랑 과자까지 싸달라 할 테니 같이 가자. 봉숙아… 응?"

"아…아이다. 너그 엄마 귀찮게 해 드리기 싫다. 그냥 니 혼자 가거라. 가서 봉환이랑 봉열이랑 승봉이랑 같이 놀면 되잖아."

"야, 최봉숙! 니가 안 가는데 우째 내 혼자 소풍을 간단 말이고? 니 안 가마 나도 안 갈란다. 진짜데이…."

"야… 그카지 마라."

당당하고 거침없던 평소와 달리 우물쭈물 말꼬리를 흐리는 봉숙. 평소답지 않은 봉숙의 행동에 어색한 분위기를 감지한 승희가 분위기를 전환하려고 화제를 바꿔 봉숙에게 얘기한다.

"봉숙아. 오늘 너그 집에 놀러 가보자. 엄마도 안 계신다니 우리 끼리 만화책 보고 놀자, 응?"

경주로 처음 전학 올 때 봉숙이로부터 자신의 집이 승희 집 근처란 얘기를 들었지만 사실 승희는 봉숙이의 집이 어딘지 모른다. 한 번도 봉숙이가 자기 집에 놀러가자 얘기한 적이 없었기 때문이다. 그저 승희가 자신의 집에 놀러가자 말하면 '이 담에…, 다음에…' 항상 이렇게 얘기하던 봉숙이였다.

"음… 생각 좀 해보고…. 오늘 수업 마치고 얘기하자."

"그래~ 알따. 이따 수업 마치고 얘기해 주라."

신록이 우거진 1975년 오월의 경주는 참으로 아름답다.

불국사, 석굴암, 첨성대, 안압지, 포석정, 황룡사지, 분황사, 오릉, 천마총…. 경주에서 자동차로 30분 거리에 있는 만파식적萬波息笛의 전설이 흐르는 감포의 문무대왕 수중왕릉까지, 도시 자체가 거대한 박물관을 연상하게 하는 신라 천 년의 고도 경주와 그곳에서 자라나는 순박하기 그지없는 아이들. 황성공원으로의 봄 소풍을 앞둔 3학년 1반 아이들의 마음속에는 내일로 다가온 봄 소풍이 이미 와 있는지도 모른다. 봄 소풍 간다는 마음에 들떠있는 승희와 달리 왠지 모르게 우울한 표정을 짓고 심각하게 수업을 듣고 있는 봉숙의 표정이 비교된다.

　학교 수업을 마치고 집에 도착한 승희는 내일 갈 봄 소풍 준비로 지금 한창 분주하다. 봉숙이와 함께.

　봉숙이가 봄 소풍에 가기로 한 것이다. 단, 봉숙이의 집에 승희가 놀러가지 않는다는 조건으로.

　그날 수업을 마친 봉숙이가 승희에게 다가와서는

　"야, 내일 봄 소풍 갈게. 대신 오늘은 우리 집 말고 너그 집에 놀러가자. 알겠제?"

　집에 엄마가 안 계셔 소풍을 못 간다던 봉숙이가 마음을 바꾸자 급 기분이 좋아진 승희가 달리 생각할 것도 없이 그러자고 했고, 학교 수업을 마친 뒤 둘은 승희의 집으로 오게 된 것이다. 전학 온 첫날 하이킥 사건으로 사랑하는 막내아들의 대문니를 잃었던 충격도 이제는 어느 정도 사라지신 듯, 승희 어머니도 봉숙이에게 잘 대해주시며 승희의 든든한 보호자(?) 내지는 여자친구로 봉숙이를 인정하시는 눈치다.

　"그래…, 봉숙이는 엄마가 집에 안 계신다니 니 김밥까지 내가 싸 줄게. 그라고 내일 소풍가서 먹을 과자는 엄마가 돈 줄

테니 지금 너그 둘이서 나가서 사 오거래이."

"예~"

과자 사오라는 이야기에 신이 난 아이들은 승희 어머니에게 받은 돈으로 동네 슈퍼에 들러 과자를 사느라 정신이 없다. **뽀빠이**(지금의 뿌셔뿌셔 비슷한 당시의 라면 과자, 당시 가격은 10원), **자야**(뽀빠이보다 좀 더 고급스런 라면 과자로 당시 가격은 20원), **아폴로**(조그만 비닐 튜브 안에 오렌지분말을 넣은 과자인데 그 비닐 튜브 안에 들어 있는 오렌지분말을 앞니로 쭉 훑어서 먹으면 새콤하고 달콤한 맛이 끝내줌, 당시 10원 주면 내 손에 한 주먹을 쥐어줬던 기억이 난다), **말랑말랑한 젤리사탕**(이름은 기억나지 않지만 겉에도 비닐로 포장을 하고 속에도 얇은 비닐로 포장을 해서 비닐을 두 번이나 벗기고 먹어야 하는 젤리 사탕. 이것을 처음 접해 본 당시의 난 겉 비닐만 벗기고 속에 있는 비닐을 벗기지 않은 채 씹어서 먹어버려 젤리사탕은 다 먹었는데 비닐은 그대로 남아 있어서 이것도 먹어야하나 말아야 하나 하고 고민했던 기억이 아직도 생생하다), **말표 사이다**(요건 요즘의 천연사이다 맛이랑 비슷함, 일반 사이다랑 맛이 비슷하면서도 다른 시럽으로 된 감기약 맛이 났다), **짱구**(요건 요즘도 나오는 과자), **황금철인이 그려진 껌, 초코파이, 초콜릿, 웨하스까지⋯.**

동네 슈퍼에서 한가득 과자를 산 승희와 봉숙은 다시 학교로 가서 반 친구들과 어울려 학교 운동장에서 오징어 가생(오징어 모양의 줄을 땅에 그어놓고 하는 게임)을 어둑어둑해질 때까지 하며 내일 있을 봄 소풍을 기다린다.

밤이 되어 잠자리에 누워도 승희는 잠을 이룰 수가 없다. 왜냐하면 소풍가는 내일 비가 올까봐서다. 잠자리에서 승희는 오늘 종례 시간에 담임 선생님께서 했던 말을 다시금 되새긴다.

"에~ 만일 내일 비가 오게 되면 소풍은 취소되고 정상 수업을 한다. 비가 오거든 수업 준비해서 학교로 등교하도록!"

담임인 봉기태 선생님의 목소리가 쩌렁쩌렁하게 머릿속을 맴돈다. 승희는 갑자기 누운 자리에서 벌떡 일어선다. 그리곤 자신의 방에서 나가 집 마당으로 가서 깜깜한 경주의 밤하늘을 쳐다보는 승희. 보름달 주위로 달무리가 져서 아름다운 밤하늘 풍경이지만 승희는 걱정이 태산이다.

'달무리가 지면 그 다음날 비가 온다던데….'

밤하늘 무수히 많은 별들 사이로 별똥별이 흘러내린다.

저 별은 내 별, 저 별은 엄마 별, 저 별은 아부지 별, 그리고 저 별은 … 음… 봉숙이 별….

소풍 전날 비가 오지 않길 바라는 아이들의 마음은 1975년의 초등학교 3학년 어린 승희나 지금의 아이들이나 똑같을 게다.

승희의 잠 못 드는 경주의 밤이 그렇게 깊어 가고 있다.

아뿔싸! 비다. 비가 내리고 있다.

전날 밤 달무리 지는 걸 보며 비가 올 것만 같은 불길한 예감 속에 새벽 1시가 넘어서야 겨우 잠자리에 들었다. 그런데 아직 해가 뜨지 않은 어둑어둑한 새벽, 자신의 방 창문을 두드리는 빗소리에 잠에서 깬 승희는 집 마당에 서서 내리는 비를 온몸으로 맞으며 망연자실하고 있는 중이다.

'아! 하고 많은 날 중에 하필 소풍 가는 날, 비가 오다니…'

이때 누군가 다급하게 대문을 두드린다. 아니! 발로 찬다는 표현이 더 정확할 듯.

쾅…쾅….

"누… 누… 누구?"

놀란 승희가 묻자 뜻밖에 익숙한 목소리가 들린다.

"내다 승희야. 봉숙이다."

반가운 마음에 대문을 열어주고 봉숙이를 집 안으로 들인 승희가 말한다.

"이 새벽에 우리 집에 우짠 일이고? 무슨 일 있나? 봉숙아…."

집 마당에 들어선 봉숙이의 모습이 심상찮다. 우산도 없이 내리는 비에 온몸이 흠뻑 젖었다. 옷은 어제 학교에서 봤을 때의 옷차림 그대로이고 등에 맨 가방도 소풍가방이 아닌 어제 맸던 책가방 그대로다. 게다가 한참을 울었던 듯 눈 주위가 벌겋게 부어있다. 뭔가 이상한 낌새를 눈치 챈 승희가 봉숙이에게 말한다.

　"여기서 이라지 말고 내 방으로 들어가자. 봉숙아….."

　평소 씩씩하던 봉숙이의 모습은 오간데 없다. 비 맞은 생쥐마냥 온몸이 비에 젖은 채 울먹이는 듯한 봉숙의 모습에 무언가 말 못할 사연이 있을 걸로 짐작된다. 승희는 일단 봉숙이를 집안으로 들인다. 안방에서 주무시는 부모님 몰래 자신의 방에 봉숙이를 들인 승희는 마른 수건을 주며 말한다.

　"이걸로 우선 닦고 있으래이, 내가 입던 체육복 가져다 줄테니. 그걸로 옷도 갈아입고….."

　평소에는 그렇게도 밝고 명랑하던 봉숙이가 지금은 승희의 말에 아무 답도 하지 않고 그저 고개만 끄덕인다. 봉숙을 자신의 방에 두고 체육복을 가지러 부모님이 주무시는 안방으로 살며시 들어간 승희. 체육복을 찾느라 부스럭대며 장롱을 뒤지는 소리에 잠에서 깬 승희 어머니께서 말하신다.

"승희 아이가? 이 새벽에 여기서 뭐하노?"

몰래 자신의 체육복을 봉숙이에게 가져다주려던 승희가 우물쭈물 대답을 못하자 어머니께서 말씀하신다.

"밖에 누가 왔나? 아까 대문 소리 들리는 거 같던데…."

"아입니더… 엄마. 잘 못 들은 기라예. 아까 내가 마당에 있었는데 아무도 안 왔심더…."

"그래…. 밖에 비오는 거 같던데……. 오늘 소풍 갈 수 있겠나?"

"날 샐 때까지 기다려봐야 할 거 같아예. 주무시이소…."

이렇게 말하고 승희가 서둘러 안방을 나온다. 자신의 방으로 돌아온 승희가 봉숙이에게 말한다.

"봉숙아….무슨 일이고? 니, 내한테 무슨 일인지 말해 줄 수 있나?"

한동안 두 무릎에 얼굴을 파묻고 울먹이던 봉숙이가 고개를 들어 승희를 쳐다보며 말한다.

"관심 꺼라. 한 마디만 더 물으면…. 니 내한테 디진데이…."

날이 밝자 거짓말처럼 비가 그쳤다. 소풍을 갈 수 있게 된 것이다.

승희의 체육복으로 갈아입은 봉숙이와 승희는 지금 소풍을
가고 있다. 그토록 고대하던 봄 소풍을. 뭔가 말 못할 사연이
있는 듯한 봉숙이에게 하나 남은 대문니마저 날아갈까 봐 물어
보지도 못하고 소풍 길에 나선 승희는 그래도 마냥 좋다. 어쨌
든 새벽녘에 내리던 비도 그쳐 소풍을 갈 수 있게 되었고, 울먹
이던 봉숙이도 예전의 밝고 씩씩하던 봉숙이로 돌아왔으니 말
이다.

　황성공원隍城公園은 신라시대 화랑들의 훈련장이었던 곳이다.
남쪽으로는 알천(북천)을 경계로 성건동과 마주보고 있고 사유
지가 공원의 반을 감싸고 있다. 925번 지방도와 7번 국도를 경
계로 각각 황성동 시가지가 동천동 시가지와 마주보고 있다.
　지금은 공원 안에 경주실내체육관·시립도서관·공설운동
장·충혼탑·박목월 시비·국궁國弓 궁도장·호림정 등이 있고,
호림정 뒤로 솟아 있는 동산 위에 높이 16m의 김유신 장군 동
상이 있다. 호림정 주위에는 수령이 수백 년에 이르는 느티나
무를 비롯하여 이팝나무·회나무·떡갈나무·살구나무·향나
무·소나무·상수리나무 등이 우거져 있다. 승희가 이곳에서 초
등학교 3학년 시절을 보냈던 1975년도만 해도 아무 것도 없이

달랑 공설 운동장 하나와 그 주위를 온통 울창한 숲이 둘러싼 그냥 공원이었다.

학교 운동장에 모여 반별로 줄줄이 황성공원을 향해 걸어가는 ㄱ초등학교 아이들.

요즘 아이들에겐 소풍이라고 하면 버스타고 가까운 놀이동산에 가서 각자 알아서 놀다 집에 가는, 그저 하루 동안 노는 날이란 의미가 강하지만 승희가 어렸을 때의 소풍은 말 그대로 일 년 중 가장 즐겁고 가슴 설레는 날!

차를 타는 것도 아니고 반별로 줄지어 학교에서 목적지까지 걸어가는 소풍이지만 아이들은 하나도 힘들지 않다. 아니! 이렇게 걸어가면서 준비한 과자를 하나씩 꺼내 먹는 그 특별한 재미를 요즘의 아이들이 알기나 할까? 3학년 1반의 아이들도 신이 나서 줄지어 황성공원으로 향하는 중. 그 반 맨 뒷줄의 봉숙이와 승희도 어제 어머니께서 주신 돈으로 산 과자를 꺼내 먹으며 반 아이들을 따라가고 있다. 항상 그렇지만 줄지어 이동할 때 맨 앞 사람은 천천히 걸어가는데 맨 뒷줄에 있는 사람은 뛰어가야 한다. 가만히 생각해보면 누구나 다 이런 경험해봤을 것이다. 아마도 영원히 풀리지 않는 미스테리?

맨 뒷줄에서 승희랑 나란히 걸어가던 봉숙이가 말한다.

"야 백승희! 니… 오늘 이 검사 안 했제?"

매일 아침 수업 시작 전 승희의 입을 벌려 없어진 대문니의 틈새가 얼마나 좁아졌는지 확인하던 봉숙. 오늘은 여러 가지 이유로 승희의 치아 검사를 못한 게 문득 생각난 듯 말한다.

"야! 소풍가는 중에 무슨 이 검사고? 내일 하자 고마~."

주위에 보는 눈도 많고 부끄럽기도 한 승희의 말에 봉숙이 말한다.

"한 대 맞고 입 벌릴래? 그냥 안 맞고 입 벌릴래?"

서슬 퍼런 봉숙의 말에

"알따. 입 벌리마 될 꺼 아이가. 자."

하며 순순히 입 벌리는 승희.

"음….이제는 대문니 빠진 표시가 하나도 안 나네. 됐다~!"

하며 흡족해하는 봉숙.

둘이서 이러는 사이 학교를 출발한 아이들의 행렬은 경주 세무서를 지나고, 북천 다리를 건너 서라벌 여중을 통과하면서 황성공원의 입구에 도착하게 되었다.

"자, 3학년 1반은 모두 멈추고 정렬!"

담임인 봉기태 선생님의 말이 떨어지자 아이들이 가던 걸음을 멈춘다.

"소풍 왔을 때 거지들이 와서 음식 달라하고, 심지어 돈까지 뺏는 경우가 있으니 혼자서 놀지 말고 다섯 명씩 조를 짜서 놀도록! 지금부터 1시간 동안 자유 시간을 가진 뒤 공설 운동장에서 반별 장기 자랑을 하니 그때 운동장에 집합한다. 알겠나?"

"네."

아이들이 합창한다.

"아참! 그리고 공원 곳곳에서 뻔데기, 포또(뽑기를 경상도에서는 이렇게 표현), 쫀드기, 냉차, 아이스께끼 같은 불량식품 파는 사람들이 많은데 그거 먹으면 배탈 난다. 절대 사먹지 말도록. 알겠나?"

"네."

대답은 씩씩하게 하지만 사실 소풍가서 그런 것 안 사먹으면 무슨 재미? 승희와 봉숙이는 한 조가 된 봉 트리오(봉환, 봉열, 승봉)와 함께 담임 선생님께서 어디론가 사라지자 신이 나서 얘기한다.

"아까 오다보니 공원 입구 쪽에서 포또 팔더라. 우리 거기 가서 뽑기 하자."

봉환이가 얘기하자 나머지 아이들도 좋다고 대답한다.

사실 그 시절 포또 만큼 아이들을 사로잡은 군것질거리가 또 있었을까?

국자에 설탕을 넣고 연탄불 위에 올려 설탕이 다 녹을 때쯤 소다를 넣어 부풀린다. 그리고 철판 위에 부어 뽑기 틀로 눌러서 여러 가지 모양을 만들어 굳힌 후 침 잔뜩 묻힌 바늘로 그 모양이 부서지지 않게 파내면 여러 가지 경품을 주던 당시의 최고 인기 불량식품 포또(뽑기).

아이들은 신이 나서 포또 장수가 있다던 곳으로 달려간다.

1975년의 황성공원은 지금처럼 개발되지 않아 곳곳에 숲이 우거져 으슥한 곳이 많다. 포또 장수를 찾아 으슥한 숲길로 들어선 아이들. 햇빛도 잘 안 드는 으슥한 길을 뛰어가는 아이들을 누군가 부른다.

"어이-"

황성공원의 으슥한 숲속, 포또 장수를 향해 달려가는 승희 일행을 부르는 나지막하지만 위협적인 목소리가 아이들의 발걸음을 멈춰 세운다. 거지다. 조금 전에 담임인 봉기태 선생님께서 그토록 조심하라고 말씀하셨던….

70년대의 거지는 요즘의 노숙자와는 개념이 다르다. 왕초를 중심으로 그 밑의 똘마니들이 각자 흩어져 구걸을 해서 모은

돈을 그들의 아지트에 있는 왕초에게 갖다 바치고, 음식과 잠 잘 곳을 제공받는 식이었다. 승희 일행을 불러 세운 거지도 구걸을 위해 나선 똘마니들 중 하나, 나이는 열대여섯 쯤 되었을까? 벌써 낮엔 햇볕이 따가운 봄날이건만 한겨울에나 입을 법한 거적때기 같은 외투를 걸치고, 맨발에다 목욕은 고사하고 세수조차도 언제 했는지 모를 꼬질꼬질한 얼굴을 한 남자 거지가 아이들이 지나는 황성공원의 숲길을 떡하니 가로막고 서 있는 것이다.

봉숙이와 봉환이가 비록 싸움에는 일가견이 있다곤 하지만 그건 같은 또래끼리와의 이야기일 뿐. 적어도 아이들보다는 다섯 살 정도는 더 많아 보이는, 지금 그들이 맞닥뜨린 남자 거지와는 상황이 다르다. 하지만 승희 일행과 마주하고 있는 남자 거지도 썩 유리한 상황이라 할 수는 없다. 일단 거지는 혼자인 것이다. 게다가 못 먹어서 그런지 힘도 제대로 쓸 수 있을까 싶을 정도로 비쩍 마른 데다 아이들이 위협을 느낄 만큼 그다지 무서워 보이지 않는 외모였던 것이다.

거지와 마주하며 대치하고 있는 아이들, 이때 봉숙이가 시선은 거지에게 고정한 채 조용한 목소리로 승희에게 말한다.

"승희야, 니 어제 어머니께서 오늘 소풍가서 놀라고 주신 용돈 있제? 전부 얼마 있노?"

"음…백 원 있다"

승희가 대답하자

"그라마 30원만 내게 주라."

무슨 생각인지는 모르지만 봉숙이가 하는 말이라면 뭐든지 듣는 승희가 이유도 묻지 않고 주머니에서 십 원짜리 세 개를 꺼내 봉숙이에게 건넨다. 승희에게서 30원을 건네받은 봉숙이가 아이들에게 이야기한다.

"너그는 여기서 꼼짝말고 기다리고 있거래이."

그 말을 하고는 성큼성큼 거지에게로 걸어가는 봉숙, 대체 봉숙이는 어쩌자고 이런 행동을 하는 것일까? 겁 없이 자신에게 다가오는 봉숙을 보고 오히려 당황하는 듯한 거지의 표정이 승희의 눈에도 보인다. 이윽고 거지의 바로 앞에서 마주서게 된 봉숙이가 거지에게 뭐라 뭐라 이야기 한다. 봉숙이의 이야기에 크게 당황한 듯한 거지, 봉숙에게 30원을 건네받고는 뒤도 돌아보지 않고 그대로 줄행랑친다. 거지가 사라지는 모습을 지켜보던 봉숙이가 아이들한테로 돌아온다. 얼굴엔 득의만만한 표정을 지으며….

"봉숙아, 니 거지한테 가서 뭐라 그랬노? 뭐라 했길래 뒤도 안돌아보고 저래 달아나노?"

승희가 묻자 봉숙이 대답한다.

"우리 다섯 명 모두 문둥이 촌에 사는 문둥병 환자라고…. 요즘 약을 못 먹어 우리한테 전염될 수도 있다고 얘기했더니…."

말을 더듬는 버릇 때문에 꼭 필요한 말 아니면 되도록 말을 하지 않는 승봉이가 오늘 이 상황은 몹시도 궁금했는지 유난히 더듬거리는 말투로 봉숙이에게 묻는다.

"보…봉숙아, 그… 그런데 거…거지는 우리가 무…문둥병화…환자라서 무…무서워 도망갔는데 도…돈 30원은 왜…주…주었는데?"

"불쌍하잖아."

정말 단순하지만 명쾌한 답을 내 놓는 봉숙이. 역시 우리의 봉숙이다. 아이들을 위협해서 돈을 뺏으려던 거지를 기지를 발휘해서 쫓아낸 봉숙이. 하지만 그 거지가 불쌍해서 돈 30원을 손에 쥐어 주는 봉숙이의 따뜻한 마음씨에 반하지 않을 사람이 이 세상에 있을까?

승희를 비롯한 봉트리오는 속 깊은 봉숙이의 뜻에 모두 감탄하며 '역시 우리의 봉숙이' 라며 새롭게 봉숙이를 바라본다. 아마도 아이들은 비록 같은 또래의 나이 어린 여자아이인 봉숙이에게 무슨 조직의 든든한 보스나 맏형님 같은 느낌을 받지 않았을까?

"야들아! 뭐하노? 빨리 포또 장수한테 가야지…"

봉숙이의 말이 떨어지자 아이들은 일제히

"그래~ 빨리 가보자."하면서 그 시절 최고의 군것질거리 포또를 맛보기 위해 달려간다. 포또 장수에게 달려가서 맛있는 포또도 먹고 뽑기도 해서 제법 큰 설탕을 녹여 만든 칼까지 상품으로 탄 후(뽑기는 말을 더듬긴 해도 집중력하나 만큼은 최고를 자랑하는 승봉이가 성공해서 상품을 타게 되었다.) 아이들은 반별 장기자랑을 하기 위해 공설 운동장으로 돌아온다.

그 시절 초등학생들의 반별 장기 자랑이래야 요즘의 아이들처럼 아이돌 그룹의 노래를 부르든지 춤을 추거나 개그를 한다거나 하지 않고 그저 노래, 그것도 동요를 부르는 게 전부였던 시절이다. 반별 대표로 나온 순박한 70년대 경주의 아이들이 부르는 구름(저어머얼리 하아느을에 구우르음이 간다~외야앙간 소옹아아지 음메음메 우울저억에~), 초록바다(초록빛 바닷물에 두 손을 담그으면~), 반달(푸른 하늘 으은하수 하얀 쪽배에~), 과수원길(동구 밖 과수원길 아카시아 꽃이 활짝 폈네~), 나뭇잎 배(낮에 놀다 두우고온 나뭇잎 배는~), 오빠 생각(뜸북뜸북 뜸북새 노온에서 울고~), 따오기(보일 듯이 보일 듯이 보이지 아안는 따옥 따옥 따옥소리 처량한 소오리), **고향의 봄**(나의 살던 고향은 꽃피는 사안골), **섬집 아기**(엄마가 섬 그늘에 굴 따러어가면 아이는 혼자 남아 집을 보오도기‥) 등의 동요가 황성공원 공설운동장에 울러 퍼진다.

반별 장기 자랑을 끝내고 아이들이 가장 기다리던 점심시간, 지금 아이들은 반장 현석이가 가져온 바나나란 과일을 구경하고 있는 중이다. 요즘이야 수입된 바나나가 워낙 많아서 동네 슈퍼에서도 팔 정도로 흔하지만 1975년 승희가 초등학교 3학년 시절에만 해도 바나나란 과일은 구경조차 하기 힘든 귀한 과일이었다. 소풍갈 때 바나나 가져오는 아이들은 부잣집 아이로 인정받으며 아이들의 부러움의 대상이 되었던 것이다. 현석이가 가져온 바나나를 바라보며 '나도 한 입만 먹어 봤으면…' 하고 침 질질 흘리던 승희를 지켜보던 봉숙이가 승희에게 말한다.

"야! 백승희! 바나나 보고 침 좀 그만 흘리거레이. 바나나 저거는 미국에서는 원숭이들이나 먹는 과일이라 안 카나? 미국 사람들은 하도 흔해서 바나나 안 먹는다 카더라…."

봉숙의 말에 머쓱해진 승희. 그런 승희에게 봉숙이가 말한다.

"니 오늘 소풍 마치고 우리 집에 놀러 갈래?"

하루는 원효元曉가 거리에서 소리 질러 노래 불렀다. "누가 자루 빠진 도끼를 주려나……. 내가 하늘 괴는 기둥을 자를 터인데." 자루 빠진 도끼라는 말의 원문이 몰가부沒柯斧이다. 사람들은 뜻을 알지 못했다.

그때 태종무열왕 김춘추가 듣고는, "이것은 스님이 아마도 귀부인을 얻어 현명한 아들을 낳겠다는 말일 게야. 나라에 큰 현인이 있으면 이보다 더 큰 이익이 있으려고."라고 하면서, 때마침 요석궁瑤石宮에 과부로 지내는 공주를 떠올렸다. 춘추는 궁궐 관리에게 원효를 찾아 데려 오라 명하였다. 원효가 남산에서 내려오다 문천교를 지나는데, 관리를 만나자 거짓으로 물속으로 떨어졌다. 위아래 옷이 몽땅 젖었다. 관리는 스님을 궁으로 데려가 옷을 갈아입히고 빨아 말리게 하였는데, 그러자니 자고 가게 되었고, 이어 공주는 태기가 있었으며, 설총薛聰을 낳게 되었다.

설총의 탄생은 한 스님을 파계破戒 시킨 스캔들의 소산이었다. 정작 원효 자신은 파계를 운명적으로 받아들인 듯하다. 속인으로 돌아와 스스로 소성거사小性居士라고 부르며, 이때부터 도리어 일반 백성을 향해 부처의 이름을 더욱 높이 외쳐 알렸다. 승려와 과부 공주 사이에 태어났으나 설총 또한 출생의 비밀에 얽매지 않고 눈부신 활약을 펼쳤다.

원효가 입적하였을 때 아들 설총이 유해를 부수어 진용眞容을

빚어 분황사芬皇寺에 안치하였다. 설총이 절을 하니 원효상이 문득 돌아보았다. 소상은 그 이후 돌아보는 그대로의 모습을 하고 있었다.

—《삼국유사》권4 원효불기元曉不羈중에서

 매번 이런저런 핑계를 대며 지금까지 한 번도 누군가를 초대해 본 적 없던 봉숙이가 승희에게 자신의 집에 놀러가자고 말하고 있는 순간.
 '드디어 봉숙이의 집에 가 보는 구나….'
 승희의 대답이 '그라자' 인 것은 당연지사, 소풍이 끝난 후 둘은 봉숙의 집에 놀러 가기로 한다. 승희 어머니께서 싸 주신 김밥을 맛있게 먹은 봉숙이와 승희는 반 아이들과 어울려 황성공원에 흐르는 실개천에서 개구리도 잡고, 수건을 그물 삼아 피라미도 잡는다. 그리고 소나무에 덕지덕지 붙어 있는 송진도 먹어 본다. 이전에 자신이 다니던 대구의 초등학교에서는 한 번도 경험해 보지 못했던 것들을 이곳 경주에서 마음껏 체험해 보는 승희. 승희는 이곳 경주에서의 초등학교 생활이 진심으로 즐겁다. 물론 봉숙이라는 멋진 친구의 존재가 가장 큰 이유이긴 하지만.

봉숙이와 승희는 지금 봉숙의 집을 향해 걸어가고 있는 중이다. 소풍이 끝난 후 한사코 자신들을 따라오려는 봉 트리오(봉환, 봉열, 승봉)를 겨우 따돌린 봉숙과 승희는 봉숙의 집을 향해 발걸음을 옮기고 있다. 처음 승희가 이곳 ㄱ초등학교로 전학 오던 날, 같은 동네에 산다며 승희와 함께 하굣길에 나서 승희의 집까지 놀러갔던 봉숙, 그런데 조금 이상하다. 지금 봉숙은 승희가 사는 동네가 아닌 정반대 방향으로 가고 있는 것이다.

황성공원에서 승희가 사는 집이 있는 성건동 쪽이 아닌 학교를 향하던 봉숙의 발걸음은 경주역을 거쳐 첨성대가 있는 대릉원을 지나 월성을 향한다. 이두를 집대성하고 '화왕계' 라는 명문을 지어 이를 통해 유학의 가르침을 전한 신라의 대학자 설총을 낳은 원효대사와 요석 공주와의 전설이 있는, 그 옛날 신라의 왕궁터가 있는 월성으로 간다.

봄 소풍 내내 밝고 쾌활하던 봉숙이었지만 승희와 함께 자신의 집으로 가는 길에는 말이 없다. 승희를 뒤로 한 채 오직 묵묵히 발걸음을 재촉할 뿐이다. 승희 역시 평소와 달리 말이 없는 봉숙의 눈치만 보고 있을 뿐, 말없이 뒤를 따르는 중이다.

그렇게 얼마나 걸었을까? 소풍 장소이던 황성공원에서 적어도 두 시간 가량을 쉬지 않고 걷던 두 아이. 원효가 요석 공주를 만날 구실을 만들기 위해 일부러 **빠졌다던** 문천교터를 지난 그들 앞에 이윽고 기와집들이 즐비한 마을이 나타난다.

미을 입구에서 잠시 걸음을 멈추이 크게 한숨을 쉬던 봉숙, 그러다 고개를 돌려 뒤따르던 승희에게 가자고 눈짓하는 봉숙의 뒤를 따르는 승희. 마을 안으로 들어선 승희는 우선 크고 으리으리한 기와집들로 이루어진 마을의 규모에 놀란다. 봉숙을 뒤따라 여기저기 기웃거리며 신기한 듯 마을의 기와집들을 구경하던 승희, 그러다 어느 집 앞에서 발걸음을 멈춘 봉숙이 승희에게 말한다.

"여기야…."

비밀

홍등가紅燈街로 변해가는 경주慶州 '최崔부자' 마을

중요민속자료의 하나로 문화재 지정을 받고 있는 경주시 교동校洞 속칭 최부잣집 주변 일대의 고가촌古家村이 위안부촌으로 전락되고 있다.

우리나라의 대표적인 고가촌의 하나인 이 마을에는 최근 오십여 명의 밤여인들이 사글세방을 얻어 살며 밤 손님들을 받기 시작, 그 수가 하나 둘 늘고 있어 별다른 조치가 없는 한 가까운 시일 안에 고가촌의 옛 모습과 품위는 영영 사라질 것 같다.

이곳에는 이조 말엽인 1791년에 지은 최부잣집을 비롯, 최고 180년에서 최저 60년의 세월을 담은 최씨 일가들의 고색창연한 옛 기와집이 십여 채나 있으며 특히 최부잣집은 1971년 5월 조선 말엽 상류계급의 주택연구를 위한 민속자료 27호로 문화재 지정까지 받았었다.

정부는 현재 추진 중인 경주관광종합개발사업의 일환으로 이 부락에 민속관, 민속극장, 민속 놀이터 등을 세워 민속 문화센터로서 고가와 함께 고유의 민속문화 보존지역으로 삼을 예정으로 있는데, 이러한 곳에 밤의 여인들이 진을 치고 있는 것이다. 유서 깊은 이곳에 밤의 여인이 들어서기 시작한 것은 작년 7월, 최부잣집에서 오십여 미터 떨어진 곳에 요정 요석궁瑤石宮이 생긴 이후부터다.

이 요정은 육십 년 전 고가를 개조하여 만든 것인데, 이 요정을 중심으로 밤의 여인들은 방 한 칸을 10개월 사글세 2만 원에 들고 있으며 보통 한 집에 2~4명씩, 많은 곳은 8명까지 세들어 있다.

이들은 낮에는 집에서 쉬고 밤이 되면 요정 요석궁을 통해 지정된 곳으로 출장, 다음날 새벽이나 아침이면 택시로 되돌아오곤 한다는 것이다.

이 마을 이모 부인(58)은 "몰락한 최부자 일가와 서민층들이 이곳에 살고 있어 텔레비전이 귀한 곳인데 요즘 밤아가씨가 들어서면서 텔레비전 안테나가 이렇게 늘어났다." 면서 오십 개가 넘는 안테나 가운데 두셋을 빼고는 모두 낯선 여인들의 것이라고 말했다.

최씨 일가라는 한 주인은 "전통 있고 유서 깊은 이 마을에 요정이 생기고 여기에 밤여인들까지 묻어들게 되니 조상에 대한 수치와 죄스러움을 금할 수 없다" 고 말하기도.

같은 마을 박 모 씨(42)도 "조용하고 품위 있던 이 마을이 이렇게 변할 줄은 몰랐다" 면서 앞으로 자녀교육이 크게 걱정된다고 말하고 곧 건립된다는 민속 문화센터에 기대를 걸어보는 눈치였다.

— 동아일보 1973. 09. 20 기사(뉴스)

승희를 뒤따르게 하고 앞서가던 봉숙이가 걸음을 멈춰선 곳.

마을을 구경하며 두리번거리느라 정신없던 승희는 봉숙의 말에 자신 앞에 떡하니 버티고 있는 어느 궁궐 같은 기와집 앞에 이르러서야 걸음을 멈추고 고개를 들어 대문을 쳐다본다.

瑤石宮.

승희가 알 수 없는 한자로 쓰인 간판이 집 대문 위에 걸려 있다. 승희가 방금 지나친 마을 중앙의 넓은 공터에 세워진 시계탑이 가리키던 시간이 오후 5시경. 오후 3시쯤 봄 소풍 일정을 마친 승희와 봉숙은 황성공원에서부터 무려 2시간을 걸어 이곳까지 오게 된 것이다.

"들어가자."

나무로 만들어진 궁궐 같은 집의 대문을 열고 안으로 들어가는 봉숙을 따라 조심스레 집 안으로 들어서는 승희. 대문을 들어서자 솔잎이 무성하고 가지가 굽은 소나무와 붉고 흰 연꽃이 운치를 더해주는 연못이 있다. 정원을 지나 어른들은 머리를 숙여야만 지날 수 있을 것 같은 작은 쪽문으로 봉숙이 들어간다. 승희는 집 안을 두리번거리며 조심스레 봉숙을 따라간다. 이윽고 아이들의 눈앞에 자그마한 마루가 달린 별채가 보인다.

승희를 뒤에 두고 별채 앞으로 간 봉숙이가 말한다.

"엄마…. 저 봉숙이라예. 학교 다녀 왔심더…."

순간 문이 벌컥 열리며 한 여인이 소리치며 나온다.

"봉숙이, 이 가시나…. 어제 그렇게 집 나가더니 어데서 뭐하다 인자 집으로 기들어 오…."

여자는 화난 듯 봉숙이에게 소리를 지르다 뒤에 있는 승희를 보자 갑자기 말투를 바꾼다.

"그래, 우리 봉숙이 아이가…. 오늘 소풍 간다더니 어떻게 됐노? 엄마가 김밥도 못 싸줬는데…."

"야는 승희라예. 백승희. 나랑 제일 친한 우리 반 친구…."

봉숙이의 갑작스런 소개에 깜짝 놀란 승희가 봉숙의 어머니에게 인사한다.

"백승희라고 합니더. 봉숙이랑 한 반이고예, 친굽니더…."

"그래. 백승희…. 봉숙이한테 이야기 많이 들었다. 반에서 제일 친한 친구라고…. 우리 봉숙이가 입만 떼면 말하던 승희란 남자친구가 너구나. 하이고야, 얼굴도 뽀얗고 귀티나는 게 우리 봉숙이가 딱 좋아하게 생겼네."

승희를 본 봉숙의 어머니가 갑자기 말투를 바꿔 친절하게 얘기하자 오히려 짜증난 듯한 표정의 봉숙이가 말한다.

"나… 용돈!"

손을 내밀며 말하는 봉숙이에게

"그래. 소풍 간다는데 엄마가 용돈도 못 챙겨 주고…." 하면서 주섬주섬 방 안을 뒤지더니 장롱 속에 있던 검고 커다란 여행용 가방 속 지갑을 꺼낸다. 그리고 당시로서는 큰돈인 1000원을 봉숙의 손에 쥐어주는 어머니. 어머니로부터 용돈을 받은 봉숙이가 승희에게 말한다.

"가자! 우리 집으로…."

"안녕히 계세요."

어머니에게서 용돈 1000원을 받아 낸 봉숙이가 뒤도 안 돌아보고 집을 나서자 승희도 봉숙이 어머께 인사하고 얼른 따라나선다.

"미안하다. 봉숙아…. 엄마가 잘못했다. 미안해….”

버선발로 뒤따라 나오는 봉숙 어머니의 말을 뒤로 하면서….

흐르는 눈물을 감추려 했던 걸까?

승희보다 멀찍이 앞서서 달려가는 봉숙이, 그런 봉숙이의 뒤를 놓칠세라 뒤따르는 승희는 달리면서 생각한다.

'봉숙이 어머니께서는 술집에서 일하시나 보다. 대문 간판에 쓰인 한자가 무슨 말인지는 모르겠지만 얼핏 보았던 집안을 왔다 갔다 하는 여자들과 화장을 짙게 하셨던 봉숙이 어머니의 모습이 TV에서나 보던 술집에서 일하는 사람들 같던데….'

초등학교 3학년 어린 승희의 눈에 봉숙의 어머니는 술집 여자로 보였다. 그제야 승희는 지금껏 봉숙이가 이 핑계 저 핑계를 대며 자신의 집에 친구들을 초대하지 않았던 이유를 어렴풋이 깨닫게 된다. 자신의 어머니가 술집여자라는 걸 제 아무리 씩씩한 봉숙이라 할지라도 친구들한테 밝히긴 쉽지 않았을 터, 아무리 친한 친구인 승희라도…. 아니 오히려 승희에게는 더더욱 밝히기가 힘들었으리라.

한참을 앞서서 달려가던 봉숙이를 놓칠까 봐 쎄(혀의 경상도 방언)가 빠지게 따라 달리는 승희, 두 아이는 수많은 기와집으로

이루어진 마을을 빠져나와 원효대사가 요석공주를 만날 구실을 만들기 위해 일부러 빠졌다던 문천교 터를 지나 첨성대가 있는 대릉원에 이르게 된다. 대릉원 앞 넓디넓은 잔디밭으로 이루어진 광장에 이른 두 아이, 앞서가던 봉숙이가 숨이 찬 듯 달리기를 멈추고 숨을 헐떡이며 승희를 돌아본다. 뒤따르던 승희 역시 발걸음을 멈추고 턱에까지 찬 숨을 몰아쉰다. 그런 승희에게 봉숙이가 다가와서 말한다.

"예쁘지? 여기…."

봉숙의 말을 듣고 헐떡이던 숨을 잠시 진정시킨 승희는 봉숙이가 손짓하는 곳을 바라본다. 저 멀리 수많은 무덤으로 이루어진 대릉원이 보이고, 대릉원을 붉게 물들이는 아름다운 저녁 노을의 광경이 승희의 눈앞에 펼쳐진다. 대릉원 너머로 지는 해를 바라보며 봉숙이가 잔디밭 광장에 앉는다. 승희도 봉숙이 옆에 앉아 대릉원의 일몰을 바라본다.

"너랑…함께 보고 싶었어…. 해질 무렵의 대릉원과 저녁 노을…."

소풍이 끝나고 자신의 어머니를 만났을 때를 제외하고는 지금까지 한마디도 하지 않았던 봉숙이가 처음으로 승희에게 말을 한다. 그런데 어찌 말투가 이상하다? 봉숙은 지금 승희에게 서울말로 이야기하고 있는 것이다. 늘상 하던 억센 경상도 사투리가 아닌 나긋나긋한 서울말을 쓰는 봉숙이가 낯설어 의아한 표정으로 고개 돌려 옆에 앉은 봉숙이를 쳐다보는 승희. 서울말을 쓰는 또 다른 모습의 봉숙이 말을 잇는다.

"여기 경주로 이사 오기 전 우리 가족은 서울에 살았어. 아버지는 태권도 사범이셨어. 서울에서 제법 큰 도장도 운영하셨지."

순간 승희는 이곳 경주로 전학 온 첫날 자신의 집에서 있었던 봉숙이의 하이킥 사건을 떠올리게 된다.

'태권도 검은 띠, 정말이었구나. 어쩐지…. 같은 또래 남자인 나도 도저히 어찌해 볼 수 없던 봉숙이의 발차기….'

봉숙이의 하이킥 한 방에 대문니 하나를 잃었던 승희가 그날을 회상해 본다. 봉숙의 말이 이어진다.

해외진출 태권도 사범 4천여 명….

국기 태권도의 해외진출이 70년대부터 본격화되기 시작, 지금은 4천여 명의 사범들이 전 세계를 무대로 '한국 정신문화의 꽃'을 피우고 있다.

태권도의 해외진출이 전성기를 맞게 된 것은 68년 월남전에 한국이 참전하면서부터.

전장에서 타국과의 교류가 왕성할 때 한국군의 태권도 수련 및 시범 장면은 무술이 낯선 외국인들에게 커다란 반향을 일으켰고, 현지에서 제대한 파월 병사 출신 태권도 사범들이 아시아 각국으로 초청되어 태권도를 가르치기 시작하면서 국내 태권도계에 해외 진출 붐이 일었던 것.

당시의 태권도 사범(4단 이상)들은 주로 아시아 지역과 미주 대륙으로 건너가 갖은 고생 끝에 삶의 터전을 확보했다.

'아그레망 없는 외교사절'로 해당 국가에 태권도를 보급한 4천여 명의 사범들은 도장에서의 정신교육과 함께 경영인 혹은 문화인으로 거주 국가에서 큰 비중을 차지하고 있는 경우가 많다.

대륙별로는 아메리카 대륙(패암지역)에 2천2백 명이 진출해 가장 많은 분포를 이루고 있으며, 유럽이 1천여 명으로 그 다음, 그리고 호주와 아시아 지역이 6백여 명이다.

해외 사범이 가장 적은 곳은 풍토병이 심하고 기후가 나쁜 아프리카로 50여 명이 진출해 있다.

이들 해외 사범들은 모국인 한국의 외교적 지위 향상과 함께 현지에서도 영향력을 키워나가고 있으며 WTF(세계태권도연맹)의 해당국 총수로도 활약하고 있다.

- 경향신문 1991.06 .20 기사(뉴스) 중에서….

"아버지께서 서울에서 꽤 큰 도장을 운영하셔서인지 우리 가족은 큰 부자는 아니었어도 부족함 없이 행복하게 살 수 있었어. 아빠 엄마를 사랑하셨고, 하나밖에 없는 자식인 나를 무척이나 예뻐하셨어. 그래서 내가 초등학교 입학하기 훨씬 전부터 태권도 도장에 날 데리고 다니시며 태권도도 가르쳐 주셨고…."

 지금까지 사람들이 알고 있던 천하의 왈패 봉숙이와는 전혀 다른 사람이 된 듯한 봉숙이가 서울말까지 써 가며 승희에게 자신의 가정사에 대해 말하고 있다. 하지만 봉숙이의 이야기를 잠자코 듣고 있는 승희는 이내 가슴이 먹먹해지더니 두 눈에 눈물이 고이기 시작한다. 왜일까? 단지 봉숙이가 서울에서 이곳 경주까지 전학 왔다는 것 때문에? 그건 아니다. 승희는 봉숙이의 이어질 다음 얘기가 왠지 슬플 거 같아서 눈물을 흘리고 있는 것이다. 자신도 모르게….

 "내가 초등학교 입학하기 1년 전 어느 날이었어. 집에서 가족들이 모두 모여 저녁 식사하는 자리에서, 가족이라 해 봐야 엄마랑 나 그리고 아빠, 이렇게 셋밖에 없었지만 그날 아버지께서 말씀하셨어. 요르단이라는 나라로 가신다고…."

 "요르단? 저기 사우디아라비아 근처에 있는 나라 아인가?"

학교 수업 시간에 요르단이라는 나라에 대해 얼핏 들은 적 있던 승희가 아는 체를 한다.

"맞어, 우리나라에서 수천 킬로미터 떨어진 중동이라는 멀고도 더운 곳에 있다고 해. 서울에서 태권도 도장을 잘 운영하고 있던 아버지에게 누군가가 중동의 요르단이라는 나라에서 왕실 경호 요원을 가르칠 태권도 사범을 구한다는 얘기를 해 준 거지. 사실 아버진 오래 전부터 해외에서 태권도를 가르치는 꿈을 가지고 계셨어…. 그러던 어느 날 저녁, 가족들이 다 모인 식사 자리에서 엄마랑 내게 통보하신거지. 이미 요르단으로 가기로 결심을 굳히고, 운영하고 계시던 서울의 태권도 도장도 이미 다른 사람에게 넘긴 상태에서…."

"그라마 좋은 일 아이가? 요르단으로 가신 아버지께서 돈도 많이 버셨을 테고…."

승희가 묻자 아이답지 않게 한숨을 크게 쉬며 봉숙이가 말한다.

"며칠 뒤 큰 가방 하나만 달랑 매고 그렇게 아버진 떠나가셨어. 그 후 아무도 가지 않으려는 요르단이라는, 이전까지 들어보지도 못했던 나라에서 아버지는 열심히 태권도를 가르쳤고, 그렇게 힘들게 번 돈은 엄마한테 매달 꼬박꼬박 송금하셨어. 아버진 생활비 정도만 남겨둔 채 번 돈의 대부분을 엄마에게 송금하셨지. 그렇게 열심히 살면서 요르단 왕의 인정을 받은 아버지는 요르단에 가신 지 1년이 지났을 무렵 왕실경호 대장에 임명되기에 이르렀어."

"우와 왕실경호 대장, 대단하시다. 너희 아버지….."

"주디(주둥이의 경상도 방언) 안 닥칠끼가? 승희 니… 내 하는 이야기에 자꾸 토 달면 맞는데이!"

괜히 봉숙이 말에 맞장구치다 한소리를 들은 승희, 서울말을 쓰던 봉숙이가 화가 났는지 평소 억센 경상도 사투리를 쓰던 이전의 봉숙이로 돌아와 말하자 움찔하며 입을 다문다. 대릉원을 뉘엿뉘엿 넘어가던 해도 이미 사라진 지 오래, 봉숙이와 승희가 있던 잔디밭 광장도 어둠이 짙어지기 시작한다.

승희와 봉숙이는 아직 집에 갈 생각이 없는 듯 여전히 잔디밭 광장에 앉아 밝은 조명으로 더욱 화려해 보이는 첨성대를 바라보고 있다. 이번엔 다시 서울아이로 돌아간 봉숙이가 말한다.

"그런데…. 그 일이 우리 가족에게는 불행의 시작이었어."

봉숙이의 이야기가 이어진다.

"요르단이란 나라는 외국인에게 영주권이란 걸 내 주지 않는다 했어. 외국인은 그냥 외국인 일 뿐, 아버지를 왕실경호 대장에 임명하려니 외국인 신분으로는 그게 불가능했던 거지. 그래서 아버지를 그 나라 여자와 결혼시켜 요르단 사람으로 만들어야만 경호 대장에 임명할 수가 있었던 거고."

'아…'

토를 달다간 봉숙이에게 한소리 들을까봐 그저 짧은 감탄사만 내뱉는 승희. 그렇지만 승희는 지금 몹시 슬프다. 봉숙이의 그 다음 이야기가 어떻게 될지 알 거 같으므로.

봉숙의 슬픈 가정사가 이어진다.

"요르단 왕의 인정을 받고 왕실경호 대장이 될 수 있는, 어쩌면 아버지 인생에 있어 찾아온 최고의 기회를 아버진 놓치기 싫으셨던 거지. 그 나라 여자와 결혼을 하고 요르단 국적을 얻어 원하던 경호 대장에 임명된 아버지는 그날부터 우리 가족에게 연락을 끊으셨어. 매달 집으로 하던 송금도 끊고…"

봉숙의 말을 듣고 있던 승희의 눈에 눈물이 흐른다. 봉숙이, 씩씩하고 밝고 명랑하고 쾌활한 친구에게 이런 슬픈 사연이 있었다니. 이야기 하던 봉숙이도 슬펐던지 조금씩 어깨를 들썩이며 울먹이기 시작한다.

"그 후로부터 나랑 엄마…. 우리 가족은 힘들어졌지. 난 교회나 성당을 안 다니지만 그때부터 하느님을 원망하기 시작했어. 왜 하필 우리 가족에게 이런 힘든 일을 겪게 하냐고…. 우리 가족이 대체 뭘 잘못했길래. 아버지께 요르단이란 나라를 소개해 준 사람도 원망했고, 하루아침에 우리와 연락을 끊은 아버지도 원망했고, 그런 아버지에게 아무 것도 하지 못하는 엄마도 원망스러웠고…."

크게 울음을 터뜨리며 더 이상 말을 잇지 못하는 봉숙이. 그런 봉숙이를 옆에서 지켜보던 승희도 울음을 터뜨리며 소리 내어 운다. 아직 할 말이 남았던 걸까? 한참동안 울먹이던 봉숙이가 울음을 멈추고 두 손으로 눈물을 닦은 뒤 다시 이야기 한다.

"물론, 엄마는 그런 아버지의 마음을 돌리기 위해 몇 번이나 요르단이란 먼 나라를 찾아가셨어. 하지만 왕궁 안에 사시는 아버지를 만나보지도 못하고 왕궁 입구에서 항상 쫓겨나셨지. 그곳을 지키는 경비들에게 엄마가 찾는 최봉식이란 한국 사람은 이제 여기 살지 않는다는 대답만 들은 채…."

이제 해는 완전히 저물어 깜깜한 한밤중이 되어 가는 중, 첨성대 옆 시계탑이 밤 9시 무렵을 가리키고 있다. 하지만 두 아이는 여전히 잔디밭에 앉은 채 집에 갈 생각이 없는 듯하다.

이어지는 봉숙이의 이야기.

"지옥이 어떤 덴지 가보지 않아서 모르겠지만 아버지로부터 연락이 끊기고, 매달 보내주던 송금도 끊기면서 나랑 엄마는 지옥이란 걸 맛보아야 했지. 살아 있는 게 지옥이었어. 돈이 없는 것도 힘들었지만 하루아침에 아버지에게 버림받은 우리를 손가락질하는 주위 사람들의 시선이 정말 참기 힘들었어. 엄마더러 외국에 힘들게 돈 벌러 나간 남편 두고 바람이 났다는 둥, 남편 힘들게 돈 벌게 해서 등골 빼먹더니 꼴좋다는 둥, 두 모녀가 남편 잡아먹게 생겼다는 둥….”

“서울 사람들 너무한 거 아이가? 안 그래도 아버지한테 버림받은 니랑 너그 어머니한테 우째 그런 말을 할 수 있노?”

“아버지의 그늘…. 그게 얼마나 큰지 나랑 엄마는 그때 실감할 수 있었어. 아버지 없는 설움…. 그것도 멀쩡히 살아있는 아버지가 우릴 버리고 머나먼 나라에서 외국 여자랑 결혼해서 잘먹고 잘 사는데, 그로부터 버림받은 엄마와 난 왜 사람들에게 손가락질 받아가며 이렇게 살아야 하는 건지.”

그러다 지금까지 하던 이야기를 멈추고 일어서서 밤하늘을 쳐다보는 봉숙이.

“야~~ 카시오페이아다.”

갑자기 국자 모양의 북두칠성 위의 W자 모양의 별자리 카시오페이아를 가리키던 봉숙이가 앉아있던 승희 손을 잡고 자리에서 일으켜 세운다. 그리고 말한다.

"내가 어릴 때, 운영하시던 태권도장을 마치고 저녁에 퇴근하신 아빠는 나를 목말 태우고 엄마랑 남산에 올라가시곤 했어. 남산 하늘을 바라보며 항상 말씀하셨지. 왼쪽 별자리는 케페우스, 아빠 별자리고 가운데 별자리는 카시오페이, 엄마 별자리이고 오른쪽 별자리는 안드로메다, 봉숙이 별자리라고…."

그동안 자신의 슬픈 가정사를 이야기하며 울먹이던 봉숙이가 밤하늘을 바라보며 행복한 표정을 짓는다. 그런 봉숙을 보며 승희도 슬픈 표정을 지우고 환한 미소를 띤다.

"그라마 봉숙아, 내 별자리는 어떤 거고?"

승희가 묻자 봉숙이가 대답한다.

"음…. 승희 넌 메두사를 무찌르고 안드로메다 공주를 구한 페르세우스…. 그래! 페르세우스 자리가 승희 니 별자리다."

무슨 말인지는 잘 모르겠지만 아무튼 승희는 기분이 좋다. 안드로메다 공주인 봉숙이를 구한 페르세우스라니…. 그럼 둘이서 결혼이라도 했나? 이렇게 생각하며 좋아라 하는 승희.

"밤이 늦었네…. 이제 집에 가자. 승희야."

집에 가자는 봉숙이의 얘기에 승희가 말한다.

"그런데 봉숙아…. 그 다음 이야기도 마저 해 줘야제?"

"오늘 이야기는 여기서 끝! 나머지 이야기는 내가 기분 좋을 때 해 준다. 알것나?"

여기서 한마디만 더 했다간 봉숙이 입에서 무슨 험한 말이 나올지 몰라 승희가 그러라고 대답한다. 그렇게 두 아이는 어둠이 깊어가는 대릉원 앞 잔디밭 광장에서 이전의 밝고 명랑하던 아이들로 돌아와 깔깔거리며 집으로 돌아가고 있다.

밤 아홉시를 훌쩍 넘은 시간, 대릉원 잔디밭 광장에서 봉숙이의 슬픈 과거사에 눈물 흘리던 두 아이는 아직 초등학교 3학년이다. 어린 나이라 그런지 밤하늘의 별자리 이야기에 금세 밝은 표정이 되어 까르르 웃으며 집으로 돌아가고 있는 중이다. 봉숙과 함께 어깨를 나란히 하고 집으로 향하던 승희가 봉숙이에게 묻는다.

"근데… 봉숙아, 너그 집은 아까 우리가 갔었던 대릉원 너머 기와집 촌이라 안 캤나? 너희 어머니도 거기 계시고…. 지금 내가 가는 우리 집 방향이랑 정반댄데?"

"거긴 엄마가 일하는 곳이고, 난 엄마한테 용돈 받으러 간기다. 아나('자' 혹은 '여기 있다'의 경상도 방언) 30원! 아까 황성공원에서 거지 쫓을 때 내가 니한테 빌렸던!"

승희의 손에 돈 30원을 쥐어준 봉숙이가 말한다.

"우리 집은 승희 너그 집 근처에 있다. 내가 니 처음 전학 오던 날 이야기 안 하더나?"

"하긴… 그랬지. 그라마 우리 학교 오갈 때 계속 같이 다닐 수 있는 거가?"

"하모. 내가 승희를 지켜줘야 할 거 아이가?"

다시 예전의 억센 경상도 사투리를 쓰는 씩씩한 아이로 돌아온 봉숙이, 그런 봉숙이를 보고 승희는 마음이 놓인다. 사실 조금 전의 눈물 흘리며 서울말을 쓰던 봉숙이는 영 다른 사람 같아서 무척이나 낯설고 다가가기 힘든 아이처럼 느껴졌기 때문이다.

첨성대가 있는 대릉원에서 경주역을 지나고, 자신들이 다니는 ㄱ초등학교를 거쳐 승희가 사는 동네인 성건동까지 걸어오게 된 승희와 봉숙, 그들의 눈앞에 승희가 살고 있는 동네가 보이기 시작한다.

"봉숙아. 우리 집은 다 와 가는데 너그 집은 어데고? 우리 동네에 집 있다며?"

"승희 니, 진짜로 우리 집에 가보고 싶나?"

봉숙의 물음에 말없이 고개를 끄덕이는 승희, 그런 승희를 보고 결심한 듯 봉숙이가 말한다.

"그라마 가자…. 대신 우리 반 애들한테는 우리 집에 가봤다고 절대 소문내면 안 된데이. 만약 그런 소문이 쪼매라도 나면 니는 내한테 칵~! 알겠제?"

"그래, 알겠다. 소문 안 낼테니 너그 집 구경이나 해 보자."

말이 끝나자 승희를 뒤로 하고 성큼성큼 앞서가는 봉숙과 뒤를 따라가는 승희. 그렇게 한참 동안을 성건동의 주택가를 앞장서서 걸어가던 봉숙이가 집들이 빼곡하던 골목길을 지나 동네를 빠져나오더니 이윽고 논과 밭이 있는 곳으로 향한다. 그곳에 도착해서도 한참을 걸어가던 봉숙, 이미 주변엔 집이라곤 한 채도 보이질 않는다. 그러다… 갑자기 가던 걸음을 멈추고 뒤돌아선 봉숙이가 승희에게 말한다.

"여기다. 우리 집!"

봉숙의 말에 발길을 멈춘 승희가 주위를 두리번거린다.

그런데 집이 없다. 이곳에! 아무리 둘러보아도 승희 눈엔 논, 밭만 보일 뿐 사람이 살 만한 집이라곤 없는 것이다.

"봉숙아…. 여긴 집이 없는데? 논, 밭만 보이는데? 너그 집이 도대체 어디 있단 말이고?"

승희의 말에 봉숙이가 손을 들어 어딘가를 가리킨다. 승희의

시선도 봉숙의 검지가 가리키는 곳을 향한다. 그곳에…. 무언
가가 있기는 하다.

　그런데….

　그곳은….어어어….

　경주 읍에서 성 밖으로 십여 리 나가서 조그만 마을이 있었다.
여민 촌 혹은 잡성촌이라 불리는 마을이었다.

　이 마을 한 구석에 모화라는 무당이 살고 있었다. 모화서 들어
온 사람이라 하여 모화라 부르는 것이었다. 그곳은 안 머리 찌그
러져 가는 묵은 기와집으로 지붕 위에는 기와 버섯이 퍼렇게 뻗
어 올라 역한 흙냄새를 풍기고, 집 주위는 앙상한 돌담이 군데군
데 헐린 채 옛 성처럼 꼬불꼬불 에워싸고 있었다.

　이 돌담이 에워싼 안의 공지 같은 넓은 마당에는, 수채가 막힌
채 빗물이 고이는 대로 일 년 내 시퍼런 물이끼가 뒤덮여 늘쟁
이, 명아주, 강아지풀 그리고 이름도 모를 여러 가지 잡풀들이
사람의 키도 묻힐 만큼 그렇게 엉키어 있었다.

　그 아래로 뱀 같이 길게 늘어진 지렁이와 두꺼비같이 늙은 개
구리들이 구물거리고 움칠거리며 항시 밤이 들기만 기다릴 뿐
으로, 이미 수십 년 혹은 수백 년 전에 벌써 사람의 자취와는 인
연이 끊어진 도깨비 굴 같기만 했다.

　이 도깨비굴 같이 낡고 헐린 집 속에 무녀 모화와 그 딸 낭이

는 살고 있었다….

— 김동리 소설 〈무녀도〉 중에서

 봉숙이가 손을 들어 가리키는 곳을 바라본 승희가 '어어어' 하며 신음소리인지 비명 소리인지 분간이 안가는 정체 모를 소리를 낸다. 잡풀들이 무성한 들판 한가운데 빛이, 희미한 붉은 빛이 새어나오는 그곳. 초등학교 3학년 어린 승희에게는 그곳이 그저 기괴하고 음산한 광경을 자아내는 귀신이 사는 곳처럼 보였지만, 사실 그곳은 마을의 수호신으로 서낭을 모셔놓은 신당 즉 '성황당城隍堂', 혹은 서낭당이라 불리는 곳이었던 것이다. 성황당은 서낭신을 모신 신역으로 신앙의 장소이며, 이곳을 내왕하는 사람들은 돌·나무·오색 천 등 무엇이든지 놓고 지나다녔다. 70년대 우리나라의 시골 마을 어디에나 성황당은 존재했었다.

 으슥한 야밤에 잡풀이 무성한 들판 한가운데 세워진 성황당을 가리키며 자신의 집이라 말하는 이 아이, 봉숙이. 과연 봉숙이란 아이는 정말 저 무서운 곳에, 그것도 혼자서 살고 있는 건지….

 "들어가자!"

봉숙이가 승희에게 말하곤 어른 키만큼 자란 잡풀을 헤치고 성큼성큼 안으로 들어간다. 긴 나무를 세워놓고 꼭대기에 나무로 만든 새를 붙여놓은 것. 초등학교 3학년 승희는 이것이 '솟대'인지 알지 못한다. 성황당 입구에 세워져 있는 '솟대'를 바라보며 그저 두려움에 떨고 있을 뿐이다. 하늘과 땅을 연결하며 인간의 뜻을 하늘에 전하는 메신저 역할을 한다는 솟대. 높은 나무에 새까지 있으니 하늘에 있는 천신에게 소식을 전한다는 그 솟대를 어린 승희가 알 리가 없다.

입구에 세워진 솟대를 지나 봉숙을 따라 귀신이 나올 것만 같은 성황당 안으로 들어간 승희. 먼저 안으로 들어간 봉숙이가 방 곳곳에 촛불을 켜둔 탓일까? 뜻밖에도 성황당 안은 밝고 깨끗하다. 이불이며 베개, 장롱이며 각종 취사도구 등 세간살이도 제법 들어있다. 얼마 전 새로 도배를 한 듯 화려하지는 않지만 깨끗하다. 하얀 벽지와 봉숙이가 막 켜둔 촛불이 어우러져 귀신이 나올 것만 같던 바깥과는 달리 성황당 내부는 여느 살림집처럼 깨끗하고 아늑한 느낌마저 들게 하는 것이다.

방안에 먼저 들어 온 봉숙이가 석유 곤로(풍로의 일본말. 당시에는 전부 그렇게 불렀다.)에 주전자를 얹고 불을 피우더니 김이 무럭무럭 나는 보리차 한 잔을 내준다. 그러면서 승희에게 얘기한다.

"놀랐지?"

"아…아니…. 밖은 꼭 귀신 나올 것처럼 생겼는데 집 안은 그냥 우리 집이랑 똑같네? 신기하다. 야, 근데 어쩌다 이런 곳에…."

이때 승희가 하는 얘기를 끊는 봉숙이의 한마디.

"무병…."

(무병은 신병(神病)이라고도 하며 강신무(降神巫, 신병을 통해 입무한 무당이 되기 전에 입무자가 앓는 병이다. 무병(巫病)이라고도 한다. 무당으로부터 신병이라는 진단을 받으면 내림굿이라는 입무의례를 거쳐 무당이 된다.)

봉숙의 말이 이어진다.

"버젓이 살아있는 아버지를 하루아침에 잃게 된 엄마는 몇 달 동안 거의 정신이 나간 상태로 지내셨지…. 그 와중에도 아버지 마음을 돌려보려고 요르단이란 먼 나라를 찾아 가서 아버지를 만나보려고도 했지만 결국 왕궁 안에 들어가 보지도 못하고 쫓겨나기만 했어. 우리나라에 돌아와서도 엄만 마치 미친 사람처럼 아버지 마음을 되돌릴 방법을 찾아보려 여기 저기 돌아다니시다 어느 날 갑자기 이상해지셨지. 시름시름 앓던 엄마가 갑자기 몸져눕더니 헛소리를 하기 시작한 거야. 눈에 뭐가

보이는지 허공을 향해 헛소리를 하기도 하고, 갑자기 벌떡 일
어나 집을 나가서 몇 날 며칠을 어디에선가 헤매다 집으로 돌
아오기도 했어. 집으로 돌아와서도 밤새 안 주무시고 이상한
주문 같은 걸 중얼거리기도 하고….

난 너무 무서웠어. 아버지를 잃은 것도 서러운데 엄마마저 그
렇게 되었으니 이러는 엄마를 옆에서 지켜보는 내 심정이 어땠
을지 승희 넌 짐작조차 못 할 거야….”

봉숙의 사연을 듣고 있는 승희는 봉숙이 어머니에게 일어났
던 불행한 일들에 대해 생각한다.

‘봉숙이 얘기…. 뭔지 잘 모르겠지만 무섭다. 너무나…. 그렇
게 된 엄마를 옆에서 지켜보던 봉숙이는 얼마나 무서웠을까?
불쌍하고 가련한 내 친구 봉숙이는….’

승희가 이렇게 딱한 봉숙이의 사정을 들으며 눈물 흘리는 동
안에도 봇물이 터지듯 봉숙이의 이야기는 계속된다. 마치 그동
안 승희에게 감추었던 자신의 과거사를 이번 기회에 모조리 다
털어 놓으려는 듯….

“결국 엄마의 딱한 사정을 알게 된 주위 사람들의 권유로 엄
만 서울의 유명한 점쟁이를 찾게 되었어. 그 점쟁이에게 신병
이 와서 내림굿을 받아야 한다는 이야길 들은 엄마는 그 점쟁

이가 소개해준 무당을 찾아 이곳 경주까지 와서 내림굿을 받게 된 거야. 사실 엄마는 그게 무병인지 신병인지 관심도 없었지. 그저 내림굿을 받으면 아빠의 마음이 돌아설지도 모른다는 희망을 가진 채 별 생각 없이 점쟁이가 소개해 준 이곳 경주의 한 무당에게 내림굿을 받고 무당이 된 거야. 엄만 무당이 된 뒤에도 사람들을 만나 점을 보는 일엔 전혀 관심이 없었어. 그저 내가 학교에 다닐 수 있도록 돈을 벌기 위해 요석궁이란 술집에서 마담으로 일하면서 내림굿을 받았던, 이제는 아무도 찾지 않는 폐허가 되어버린 이곳 성황당에서 둘이 살면서 돌아올 가망이 전혀 없는 아버지를 기다리며 이렇게 살고 있었던 것 뿐이야."

봉숙의 딱한 사연을 듣고 눈물을 흘리던 승희. 그러다 퍼뜩 뭔가가 생각난 승희가 봉숙이에게 묻는다.

"아… 그렇구나. 근데 소풍가는 오늘은 왜 새벽에 울면서 우리 집에 찾아왔었노?"

승희가 묻자 한참 동안을 무슨 생각에 잠겨 있던 봉숙이.

석유 곤로 위에 올려놓은 주전자에서 김이 나면서 물이 펄펄 끓는 듯 주전자 뚜껑이 들썩거리는 소리만이 야단스레 들리는 이곳 성황당, 아니 봉숙이의 집에서 승희와 봉숙이는 이 밤이 깊어가도록 그렇게 마주보고 앉아 있다. 얼마나 시간이 흘렀을까? 침묵을 깨고 봉숙이가 승희에게 말한다.

"내림굿… 나도 받아야 한 대…."

(내림굿은 몸에 내린 신을 맞아 무당이 되는 의식을 말한다. 무당이 될 사람에게 신이 내리면 밥을 먹지 못하고 잠을 자지 못하며 환청·환영이 나타나는 등 불가사의한 질병인 신병(神病)을 앓게 되는데, 이러한 증상은 내림굿을 하여 무당이 되어야만 낫는다고 한다.)

봉숙이가 내림굿을 받아야 한다고?

사실 초등학교 3학년 어린 승희는 내림굿이니 무병이니 무당이니 하는 봉숙이의 얘기가 무슨 말인지 자세히 알지 못한다. 다만 그게 왠지 불길하고 안 좋은 일인 것만은 틀림없으리라고 봉숙의 얘기를 듣고 짐작할 뿐이다. 봉숙의 말이 이어진다.

"난 무병이니 신병이니 하는 걸 앓은 적이 없었어. 다만 엄마가 무당이 된 뒤에도 사람들의 점을 본다든지 굿을 한다든지 하는 무당으로서의 역할을 제대로 하지 않았기 때문에 내림굿을 받고 치유되었던 무병이 자주 재발했었어. 엄만 그게 다 내 탓이라 여기신 거지. 하나밖에 없는 자식인 나도 무당이 되면 엄마의 무병이 사라지고 떠나가신 아버지의 마음도 돌릴 수 있을 거라 생각한 엄마는 내게 내림굿을 받으라 강요하셨어."

"말도 안 된다. 어머니께서 무당이 되었다고 딸인 너마저 무당이 되라고 강요하셨다니…."

봉숙이의 얘기를 들으면서 어렴풋이 내림굿이니 무병이니 무당이니 하는 이야기들에 대해 조금씩 깨닫기 시작하는 승희. 봉숙이의 눈시울이 다시 붉어진다. 그리고 사슴 같은 봉숙이의 크고 고운 두 눈에 눈물이 그렁그렁 맺히기 시작한다.

"소풍 전날 승희 너네 집에 놀러갔다 집으로 돌아 온 그날 밤, 엄마는 엄마에게 내림굿을 내려주었던 신부모神父母 즉 무당 엄마를 데리고 이곳에서 날 기다리고 계셨어. 내게 내림굿을 내려주려고. 난 너무 무서웠지. 내가 무당이 되어야 한다니. 내가 왜…?"

"그래서…. 울면서 우리 집으로 달려왔었구나."

봄 소풍 가는 날이던 오늘 새벽, 봉숙이가 울면서 새벽에 자신의 집을 찾아온 이유를 알게 된 승희.

'불쌍한 내 친구 봉숙이…. 얼마나 무서웠을까….'

"난 두려웠어. 엄마 말처럼 내가 내림굿을 받고 무당이 되면 혹시나 아버지의 마음이 돌아서서 예전처럼 우리 가족이 다 모여 행복하게 살 수도 있지 않을까 하는 생각도 해 보았어. 하지

만 내가 무당이 된다면 앞으로 승희나 우리 친구들처럼 정상적
이고 평범하게 살아갈 수 있을까? 생각하니 도저히 그렇게 할
수가 없었어. 그래서 내림굿을 거부하고 집을 뛰쳐나왔던 거
구…."

"잘했다, 친구야. 봉숙이 니가 무당이 된다니…. 그건 말도
안 돼…."

밤이 점점 깊어가는 경주 성건동의 성황당, 아니 봉숙이의
집. 승희는 오늘 집에 들어가지 않으려는 걸까? 점점 드러나는
봉숙의 슬픈 사연을 들으며 봉숙의 이야기에 빠져드는 승희와
그런 승희에게 지금까지 숨겨왔던 자신의 모든 이야기를 털
어놓는 봉숙.

그런데….

아까부터 승희와 봉숙, 아이들이 있는 이곳 성황당 문 밖에
이들의 얘기를 엿들으며 두 아이를 주시하던 시선이 있었으
니….

탈출

그는 지금까지 경주 일원을 중심으로 수백 번의 푸닥거리와 굿을 하고, 수백 수천 명의 병을 고쳐왔지만 아직 한 번도 자신이 하는 굿이나 푸닥거리에 '신령님'의 감응을 의심한다든가 걱정해 본 적은 없었다. 더구나 누구의 객귀에 물밥을 내주는 것쯤은 목마른 사람에게 물 한 그릇을 떠주는 것만큼이나 당연하고 손쉬운 일로만 여겨왔다. 모화 자신만이 그렇게 생각할 뿐 아니라 굿을 청하는 사람, 객귀가 들린 사람 쪽에서도 그와 같이 믿고 있는 편이기도 했다. 그들은 무슨 병이 나면 먼저 의원에게 보이려는 생각보다 으레 모화에게 찾아 갈 것으로 생각하는 것이었다. 그들의 생각에는 모화의 푸닥거리나 푸념이 의원의 침이나 약보다 훨씬 반응이 빠르고, 효험이 확실하고, 준비가 손쉬웠던 것이다.

— 김동리 소설 〈무녀도〉 중에서

밤이 깊어가는 성건동의 성황당, 봉숙이가 지금껏 자신이 승희에게 숨겨왔던 이야기를 하고 있는 동안 성황당 문밖에서 두 아이들을 주시하며 지켜보던 시늘한 시신. 그것은 바로 봉숙이의 엄마인 강미숙이었다. 그날 낮 자신이 일하던 요정으로 찾아온 봉숙이에게 돈 1000원을 쥐어주고선 돌아서던 봉숙이에게 버선발로 따라 나서며 '미안해. 봉숙아'를 연신 외치던 봉숙의 어머니 강미숙. 봉숙을 그렇게 보낸 미숙은 무거운 마음으로 그날 저녁 요정을 찾은 술손님을 접대한다. 그날따라 유난히 짓궂은 행동을 하던 일본인 손님의 얼굴에 술잔에 가득 차 있던 술을 부어 버린 탓에 일본 손님을 접대하던 우리나라 손님에게 뺨을 맞고 방에서 쫓겨나게 된다.

이후 자신이 기거하던 별채에서 한참 동안을 엉엉 소리 내어 울던 미숙은 갑자기 뭔가 결심한 듯 자신의 방 장롱 속에 있던 커다란 여행용 가방을 꺼낸다. 그리고 방 이곳저곳에 흩어져 있던 무언가를 주섬주섬 챙겨 넣고선 아무에게도 말하지 않은 채 요정을 빠져나와 봉숙이가 있을 성황당으로 향한다.

당연히 있으리라 생각한 성황당에 봉숙이의 모습이 보이지 않자 밖에서 기다리던 미숙은 뜻밖에도 봉숙이가 친구 승희와 함께 오는 것을 발견한다. 성황당 밖 잡풀이 무성한 벌판에 몸을 숨겼다가 아이들이 성황당 안으로 들어가자 지금껏 문 밖에서 아이들의 이야기를 엿들으며 서 있었던 것이다. 한참 동안을 성황당 문밖에서 아이들을 주시하던 미숙은 밤이 깊었는데도 승희가 집으로 돌아갈 낌새가 없자 더는 못 기다리겠다는 듯 인기척을 내고 안으로 들어가기로 결심한다.

"에헤엠…."

성황당 문을 열고 안으로 들어간 미숙이 자신을 보자 놀라는 아이들에게 괜스레 너스레를 떤다.

"아이구나, 우리 봉숙이 친구 승희가 놀러왔었네."

갑작스런 봉숙 엄마의 등장에 당황한 승희가 우물쭈물하다 말한다.

"예…. 이제 집에 갈라꼬예…."

봉숙이도 말한다

"엄마, 지금 일하고 계실 시간이잖아요. 어떻게 이렇게 일찍…."

당황스럽긴 봉숙이도 마찬가지다. 승희에게 자신의 비밀을 털어놓은 봉숙이는 엄마에게 약간의 죄책감을 느끼는 듯하다.

"승희는 집에 가야 하니 제가 집까지 바래다주고 올게요."

집까지 승희를 바래준다는 핑계로 어색한 분위기를 피해보려는 봉숙. 그런 봉숙을 보고 미숙이 말한다.

"아이다. 승희는 오늘 우리 집에서 자고 가거라. 조금 전에 집으로 돌아오다 동네 어귀에서 내가 승희 어머니를 만났다 아이가? 그래서 밤도 늦고 해서 승희는 우리 집에서 재우고 내일 새벽 일찍 집으로 보낸다고 내가 말씀드렸다."

"봉숙이 어머니께서 저희 어머니를 우째 아시는교?"

승희가 말하자

"너그 어머니께서 말씀 안하시더나? 승희 어머니하고 내하고 친하데이. 학교 학부모 모임에서 자주 만나서 아주 잘 아는 사이라 카이…."

가만히 생각해보면 미숙의 말 중 미심쩍은 점이 한둘이 아니었겠지만 초등학교 3학년 어린 승희는 봉숙이 엄마의 말을 곧이곧대로 듣는다. 자신의 엄마한테 허락을 받았다는 봉숙 어머니의 말도 있고 자신을 집까지 바래다주고 이곳 성황당까지 혼자 돌아올 봉숙이를 생각하니 더더욱 이곳에서 자야한다는 생각을 승희는 하게 된 것이다.

"자자~. 내가 이부자리 펴줄 테니 니들은 어서 자거라."

장롱에서 이불을 꺼내 아이들의 잠자리를 마련한 미숙이 아이들을 서둘러 재운다. 아침 일찍부터 봄 소풍 다녀오느라, 오후에는 미숙이 일하던 요석궁까지, 또 요석궁에서 이곳 성건동의 성황당까지 걸어오느라 몹시도 피곤했던 봉숙과 승희는 금세 잠에 곯아떨어진다.

시간이 얼마나 흘렀을까?

자는 아이들을 흔들어 보고 깊은 잠에 빠진 걸 확인한 미숙이 요석궁에서부터 자신이 들고 온 커다란 여행용 가방 속에서 무언가를 꺼내어 방바닥에 펼쳐놓기 시작한다. 그리곤 방안 구석에 고이 모셔두었던 신주 단지를 들고 미숙이 모시는 신령님 상 앞 탁자에 올려놓는다.

그리고…. 탁자 앞에 앉은 미숙이 중얼거리며 주문을 외기 시작한다.

신령님네, 신령님네, 동서남북 상하천지,
날 것은 날아가고. 길 것은 기어가고,
머리 검어 초로인생 실낱같은 이 목숨이,
신령님네 품이길래 몸속에 품았길래.
대로같이 가옵네다. 대로같이 가옵네다.
보정한 손 물리치고, 조촐한 손 받으실새,
터주님이 터 주시고 조왕님이 요 주시고,

삼신님이 명 주시고 칠성님이 둘르시고,

미륵님이 돌보셔서 실낱같은 이 목숨이,

대로같이 가옵네다,

탄탄대로같이 가옵네다.

― 김동리 소설 〈무녀도〉 중에서

　미숙이 무어라 알 수 없는 주문을 외는 동안 닫혀 있던 성황당 문이 스르르 열리고 누군가가 대접에 가득 찬 신령에게 바치는 제수(공물이라는 의미를 지닌 정화수)를 들고 들어온다. 그녀의 이름은 예화. 정화수를 들고 방안으로 들어온 그녀는 미숙에게 내림굿을 해주고 신엄마가 된 예화라 불리는 경주의 무당이었다. 봄 소풍 가기 전날 내림굿을 시도하다 봉숙의 거부로 실패한 후, 미숙의 연락을 받고 이곳 성황당 주변 산신각에서 기도하며 미리 대기 중이던 무녀 예화가 아이들이 잠들자 봉숙에게 내림굿을 시도하려는 것이다.

　이때 미숙이 자신의 가방에서 드링크 병 같은 것을 꺼낸다. 그리곤 그 안에 든 알 수 없는 액체를 봉숙이가 승희에게 주려고 끓였던 보리차 주전자에 붓는다. 그리곤 자신의 손을 집어넣어 휘이휘이 젓는다.

그리고 주전자에 든 보리차를 컵에 따른 후 피곤에 절어 곯아 떨어진 봉숙이를 앉혀 억지로 입에 부어 넣는다. 봉숙이에게 약을 탄 보리차를 먹인 미숙이 이빈엔 자고 있는 승희에게도 같은 행위를 한다. 다시 아이들을 잠자리에 눕히고 약기운이 퍼지기를 기다리는 동안 미숙과 무당 예화는 미숙이 가방에서 꺼내 두었던 것들을 방바닥에 가지런히 펼쳐두기 시작한다.

팥, 콩, 쌀, 참깨, 재 , 베 조각, 서낭삼색 헝겊조각을 담은 바구니, 부채, 방울,

그리고⋯ 작두까지.

무녀 예화가 상 위에 뚜껑을 덮은 똑같은 주발을 일곱 개 놓는다. 그 속에는 청수, 쌀, 재, 흰콩, 여물, 뜨물, 돈이 들어있다. 어제 봉숙에게 내림굿을 시도하다 실패한 후 성황당 곳곳에 보관해 두었던 준비물들을 다시 꺼내어 차근차근 다시 상 위에 올리는 무녀 예화. 이때 미숙이 잠들어 있는 봉숙이를 깨운다.

"봉숙아! 봉숙아!"

잠에 취하고 거기다 미숙이 먹인 약에 취한 봉숙이가 좀처럼 잠에서 깨어나지 못하다가 결국 비몽사몽 중에 일어난다.

"응⋯ 엄마⋯."

눈을 부비며 자리에서 몸을 일으켜 앉은 봉숙.

"봉숙아, 일어나…. 엄마랑 뭐 좀 할 게 있어…."

"알았어요."

잠에 취한 것일까? 미숙이 먹인 약에 취한 것일까? 순순히 미숙의 말을 따르는 봉숙. 미숙은 봉숙의 손을 잡고 내림굿을 하기 위해 신주단지를 모신 상 앞으로 봉숙을 이끈다.

이때!

잠결에 무언가 이상한 분위기를 느낀 승희가 눈을 뜬다. 하지만…. 승희는 눈만 뜨고 있을 뿐 몸을 움직일 수가 없다. 온몸이 방바닥에 붙어버린 듯 꼼짝하지 못하고 눈을 뜬 채 고개만 간신히 돌려 부스럭거리는 소리가 나는 곳을 바라보는 승희.

그리고….

자신의 눈앞에서 벌어지는 믿을 수 없는 광경에 승희는 그만 숨이 멎어 버린다.

엇쉬, 귀신아 물러서라,
너 이제 보아하니 서역 십만 리 굶주리던 잡귀신아.
여기는 영주 비루봉 상상봉에
깎아지른 돌벼랑에. 신 길 청수에. 엄나무 발에
너희 올 곳이 아니다.

바른 손에 칼을 들고 왼 손에 불을 들고,

엇쇠, 서역 잡귀신아 썩 물러서라.

　이때, 모화는 분명히 식칼로 욱이의 면상을 겨누어 치려하였
다. 순간, 욱이는 모화의 칼날을 왼쪽 귓전에 느끼며 그의 겨드
랑이 밑을 돌아 소반 위에 차려놓은 냉수 그릇을 들어서 모화의
낯에다 그릇째 끼얹었다. 이 서슬에 접시의 불이 기울어져 봉창
에 붙었다. 욱이는 봉창에 서 방안으로 붙어 들어가는 불길을 잡
으려고 부뚜막 위로 뛰어올랐다.

　그러자 물그릇을 뒤집어쓰고 분노에 타는 모화는 욱이의 뒤를
쫓아 칼을 두르며 부뚜막으로 뛰어 올랐다. 봉창에서 방안으로
붙어 들어가는 불길을 덮쳐 끄는 순간, 뒷등어리가 찌르르하여
획 몸을 돌이키려 할 때 이미 피투성이가 된 그의 몸은 허옇게
이를 악물고 웃음 웃는 모화의 품속에 안겨져 있었다.

- 김동리 소설 〈무녀도〉 중에서

　봉숙의 어미 미숙이 잠결에 먹인 약 탓일까? 온몸이 방바닥
에 붙은 듯 손가락 하나 꼼짝하지 못한다. 겨우 눈만 뜬 채 승
희가 비몽사몽간에 간신히 고개 돌려 바라본 방안 풍경은 귀신
영화의 한 장면 같았다. 마치 승희가 아주 어릴 적 큰 누나와
함께 대구의 영화관에서 보았던 귀신 영화 '월하의 공동묘지',

그 영화에서 귀신들이 무덤에서 나와 활개 치는 장면, 바로 그 것이었다.

이때 무녀 예화와 함께 봉숙의 내림굿을 준비하던 미숙이 갑자기 고개를 돌려 승희를 노려본다. 깜짝 놀란 승희가 퍼뜩 눈을 감고 잠든 시늉을 한다. 하지만 이미 초등학교 3학년 어린 아이로서는 차마 감당하지 못할 무서운 광경을 목격한 승희의 심장은 콩닥거리다 못해 터지기 일보 직전. 승희가 잠에서 깼다는 사실을 눈치 챈 것일까? 미숙은 주위를 두리번거리더니 부엌에 있던 시퍼렇게 날이 선 식칼을 찾아내 자신의 손에 쥐고선 쥐죽은 듯 잠든 시늉을 하는 승희에게 다가가서 양 어깨를 쥐고 흔들며 승희를 깨우기 시작한다.

"승희야, 승희야, 자니? 아니면… 깼니?"

아무리 깨워도 승희가 눈을 뜰 낌새를 보이지 않자 이번엔 자신의 귀를 승희의 가슴에 대고 심장 박동 소리를 듣기 시작하는 미숙. 동시에 미숙의 손에 쥐어진 식칼이 승희의 목을 향한다. 어린 나이지만 본능적으로 생명에 위협을 느끼고 필사적으로 잠든 시늉을 하고 있는 승희는 기절하기 일보 직전이다. 너무나 두려워 공포에 떨고 있는 승희는 뭐라 형용할 수 없는 악취를 풍기는 미숙의 후끈하고도 거친 숨결을 느끼면서도 이렇게 자신에게 되뇌고 있다.

'눈 뜨면 안 돼…. 승희야, 절대 눈 뜨면 안 돼….'

무언가가 자신의 목에 닿는 듯 차갑고도 서늘한 느낌. 그것이 미숙의 손에 쥐인 서슬 퍼런 칼날이라는 걸 어렴풋이 느끼고 있는 승희는 스스로에게 절대로 눈을 떠서는 안 된다고 속으로 외치고 있는 중이다. 한참 동안을 승희의 가슴에 귀를 대고 있던 미숙.

사실 미숙이 승희와 봉숙이에게 마시게 했던 약은 아편이었다. 단속이 허술했던 1970년대에 미숙이 자신이 살던 성황당 주변 야산에 심어 두었던 양귀비의 열매에서 추출해 둔 것이다. 자신이 힘들고 우울하거나 무병이 도졌을 때 복용하곤 했다. 잠결에 미숙에 의해 이를 태운 보리차를 강제로 마시게 되었던 어린 승희가 온몸을 움직이지 못할 정도로 약에 취했던 건 어쩌면 당연한 일이라 할 수밖에.

그런 이유 때문이었을까? 아편을 마시게 한 승희의 심장 고동 소리가 천천히, 정상적으로 뛰고 있음을 확인한 미숙은 깊은 잠에 빠졌다고 판단을 한다. 승희를 내버려두고 이번엔 역시 자신이 마시게 한 아편 때문에 전혀 저항을 하지 못하고 내림굿을 받기 위해 신주단지를 모신 상 앞에 앉아있는 봉숙에게로 향한다.

무녀 예화는 뚜껑을 열어둔 빈 신주단지에 좀 전에 떠 왔던 정화수를 부은 후 무슨 천 조각 같은 것을 단지 안에 집어넣는다. 그리고 자신의 앞에 나란히 앉은 봉숙과 그 어미 미숙을 번갈아 바라보며 일어서서 주문을 외기 시작한다.

"사해 용왕님 명진주, 복진주, 먹일진주, 불릴진주, 솟을진주 많이 돋혀줘요. 아~에~동해용왕, 남해용왕, 서해용왕, 북해용왕님 진주 많이 돋혀줘요. 아~에"

굿이 열린 백사장 서북쪽으로는 검푸른 소 물이 깊은 비밀과 원한을 품은 채 조용히 굽이돌아 흘러내리고 있었다(명주구리 하나 들어간다는 이 깊은 소에는 해마다 사람이 하나씩 빠져 죽기 마련이라는 전설이 있다).

백사장 위에는 수많은 엿장수, 떡장수, 술가게, 밥가게들이 포장을 치고 혹은 거적을 두르고 득실거렸고, 그 한복판 차일 속에서 굿은 벌어져 있었다.

청사, 홍사, 녹사, 백사, 황사의 오색사 초롱이 꽃송이 같이 여기저기 차일 아래 달리고, 그 초롱불 밑에서 떡시루, 탁주동이, 돼지 통샘미들이 온 시루, 온 동이, 온 마리째 놓인 대감상, 무더기 쌀과 타래실과 곶감꼬치, 두부를 놓은 제석상과, 삼색 실과에 백설기와 소채 소탕에 자반, 유과들을 차려놓은 미륵상과, 열두 가지 산 채로 된 산신상과 열두 가지 해물을 차린 용신상과, 음식이란 음식마다 한 접시씩 놓은 골목상과, 냉수 한 그릇만 놓인 모과상과, 이밖에도 여러 가지 크고 작은 전물상들이 쭉 늘어놓아져 있었다.

모화는 그 호화스러운 전물상들을 둘러보고도 만족한 빛 한 번 띠지 않고 도리어 비웃듯이 입을 비쭉거렸다.

"더러운 년들….전물상만 잘 차리면 그만인가."

— 김동리 소설 〈무녀도〉 중에서

무녀 예화가 주문을 외다 말고 방문을 열고 밖으로 나간다. 미숙도 아편에 취해 정신이 없는 듯 보이는 봉숙을 일으켜 세워 부축해서 자신의 신어머니 예화를 따라 성황당 마당으로 나간다. 그러다 문득 생각난 듯 다시 방안으로 들어와 승희의 양 어깨를 잡고 거칠게 마구 흔드는 미숙….

"자니? 승희야, 자니?"

두 눈을 감은 승희가 축 늘어진 채 아무 반응이 없자 안심한 듯 다시 바깥마당으로 나서는 미숙, 미숙이 흔들어 깨우는데도 죽을 것만 같은 두려움을 이겨내고 두 눈을 꼭 감은 채 죽은 듯 잠자는 시늉을 하던 승희가 방문을 열고 미숙이 나가는 소리가 들리자 살포시 눈을 뜬다.

극도의 공포심으로 몸에서 분비되었던 아드레날린이 승희의 몸에 퍼져있던 아편의 효능을 떨어뜨렸을까? 조금 전까지만 해도 손가락 하나 움직일 수 없을 정도로 약에 취했던 승희가 정신이 들면서 조금씩 몸을 움직이기 시작한다. 누웠던 몸을 간신히 엎드려 필사적으로 방문 쪽을 향해 기어가는 승희, 승희는 창호지를 바른 방문에 침을 묻힌 검지로 구멍을 뚫고 오른눈을 갖다 댄다. 그리고 방 바깥 성황당 마당 쪽을 내다본다. 승희의 눈에 마당에서 벌어지는 기이한 풍경들이 보인다. 이미 마당에는 미리 준비한 듯 내림굿을 위한 모든 채비들이 갖추어져 있다. 심지어 장구와 꽹과리를 치는 사람들까지도…. 언제 준비했는지 성황당 마당 앞에는 활활 타오르는 모닥불이 피워져 있고 신명상神名床이 차려져 있다. 아마도 무녀 예화가 사람들을 사서 아이들이 잠들 동안 준비했던 모양이다. 똑같은 모양의 종지에 담겨진 백지로 덮어 싼 팥·콩·쌀·참깨·물·여물·메밀·재·돈 등이 상 위에 늘어 놓여 있다.

무녀 예화가 장구와 꽹과리 장단에 맞춰 상산노랫가락을 시작한다. 이후 내림굿을 받을 봉숙에게 미리 준비한 무복을 입게 한다. 그리고 손에 방울과 부채를 들려서 춤을 추게 한다. 이때 장구와 제금을 빠른 가락으로 본인이 직접 쳐주는 예화, 순간 신이 내린 듯 봉숙이 온몸을 부르르 떨면서 춤을 추기 시작한다.

봉숙과 어우러져 한바탕 신명나게 춤을 추고 난 예화가 봉숙에게 묻는다.

"어느 신이 드셨느냐?"

정말로 봉숙에게 신이 내린 것일까?

봉숙의 말문이 열린다.

"최영…장군…."

　　모화는 죽은 김씨 부인이 처음 태어났을 때부터 물에 빠져 죽을 때까지의 사연을 한참씩 넋두리 하다가는 전악들의 젓대 피리 해금에 맞추어 춤을 덩싯거렸다. 그녀의 음성은 언제보다도 더 구슬펐고, 몸뚱어리는 뼈도 살도 없는 율동으로 화한 듯 너울거렸고…. 취한 양, 얼이 빠진 양 구경하는 여인들의 숨결은 모화의 쾌자자락만 따라 오르내렸다. 모화의 쾌자자락은 모화의 숨결을 따라 나부끼는 듯했고, 모화의 숨결은 한많은 김씨 부인의 혼령을 받아 청승에 자지러진 채, 비밀을 품고 조용히 굽이돌아 흐르는 강물(예기소의)과 함께 함께 자리를 옮겨가는 하늘의 별들을 삼킨 듯했다.

밤중이나 되어서였다.

혼백이 건져지지 않는다는 것이었다. 화랑이들과 작은 무당들
이 몇 번이나 초망자줄에 밥그릇을 달아 물속에 던져도 밥 그릇
속에 죽은 사람의 머리카락이 들어오지 않는 것으로 보아 죽은
김씨가 초혼에 응하질 않는 모양이라 하였다.

작은 무당 하나가 초조한 낯빛으로 모화의 귀에 입을 바짝 대며,

"여태 혼백을 못 건져서 어떡해?"

하였다. 모화는 조금도 서둘지 않고 오히려 당연하다는 듯이
넋대를 잡고 물가로 들어섰다.

일어나소 일어나소,

서른세 살 월성 김씨 쎄주 부인,

방성으로 태어날 때 칠성에 복을 빌어.

모화는 넋대로 물을 휘저으며 진정 목이 메인 소리로 혼백을
불렀다.

— 김동리 소설 〈무녀도〉 중에서

문풍지 구멍을 통해 성황당 마당에서 벌어지는 기이한 의식
을 목격하고 있는 승희는 애가 타서 입안의 침이 바짝바짝 마

를 지경이다. 승희의 눈앞에서 정말로 신이 들렸는지 온몸을
떨며 덩실덩실 춤을 추던 봉숙이가 무녀 예화가 어느 신이 드
셨냐고 묻는 말에 최영 장군의 신이 오셨다고 대답하고 있는
것이다.

그때!

봉숙의 내림굿 과정을 지켜보던 승희의 눈에 저 멀리 성황당
마당 너머 들판 한가운데에 한 무리의 불빛이 보이기 시작한
다. 횃불을 들고 승희를 찾아 나선 사람들이 이곳 성황당에서
그리 멀지 않은 벌판에까지 이르게 된 것일까? 봉숙이 모녀를
포함한 성황당 마당에 있는 무녀 예화의 일행은 내림굿 의식에
집중하느라 이 사실을 모르는 듯하다.

'어머니, 아버지…. 사람들과 함께 날 찾아 이곳까지 오셨나
보다.'

승희는 더 이상 이곳에 있으면 안 된다는 생각을 하면서 성황
당을 빠져나갈 궁리를 하게 된다. 이제는 미숙이 먹인 아편의
효능이 떨어진 듯 어느 정도 몸을 가눌 수 있게 된 승희가 문을
빠끔히 열고 방문을 빠져 나온다. 내림굿을 하느라 정신이 팔
려 있는 무녀 예화 일행의 시선을 피해 탈출을 시도하는 승희

가 휘청거리는 몸을 간신히 가누며 내림굿이 진행되고 있는 성황당 마당 반대편으로 살금살금 걸어 나간다. 행여나 내림굿을 하고 있는 예화 일행에게 들킬까봐 신발도 신지 않은 채 맨발로 숨도 쉬지 않고 조마조마한 마음으로 그들을 주시하며 성황당 마당 반대편으로 돌아 걸어 나가는 승희. 드디어 성황당 주변의 무성한 잡풀 더미에 몸을 숨기는데 성공한 승희는 뒤돌아보지 않고 불빛을 향해 앞으로, 앞으로 달려가기 시작한다.

'봉숙아…. 조금만 기다려…. 조금만 버텨…. 내가 사람들을 데리고 널 구하러 올 테니…. 그때까지 조금만…. 조금만 더 버텨라….'

속으로 이렇게 생각하며 눈물을 흘리는 승희가 불빛을 향해 달려간다.

성황당에서 들려오는 장구와 꽹과리 소리가 조금씩 멀어지는 동시에 들판 쪽의 불빛들이 점점 가까워지면서 사람들의 말소리가 승희의 귀에 들려오기 시작한다.

"승희야! 승희야! 어디 있니?"

사람들이 부르는 목소리에서 익숙한 엄마의 목소리를 발견한 승희가 있는 힘껏 이렇게 외친다.

"엄마! 아빠! 여기예요."

157

승희의 목소리를 들었을까? 벌판 한가운데서 이리 저리 헤매던 불빛의 무리들이 승희가 있는 곳을 향해 곧바로 다가오기 시작한다. 승희의 눈에 횃불을 들고 무리지어 달려오는 사람들의 모습이 보이기 시작한다. 이미 밤이 깊어 칠흑 같은 어둠 속에서 횃불에 비친 사람들의 얼굴이 승희의 눈에 보인다.

　맨 앞에 승희 아버지의 모습이 보이고 그 뒤를 따르는 승희의 어머니, 담임 선생님이신 봉기태 선생님, 제복을 입은 경찰관, 그리고 동네 사람들까지….

　그토록 무서운 곳에 있다가 자신을 찾아 이곳까지 달려 온 부모님과 담임 선생님의 모습이 보이자 긴장이 풀렸던 것일까? 승희는 그만 벌판 한가운데에서 의식을 잃고 쓰러지고 만다.

봉숙이

'꽃같이 피난 몸이 옥같이 자란 몸이,
양친 부모도 생존이요, 어린 자식 뉘어 두고,
검은 물에 뛰어들 제 용신님도 외면이라,
치마폭이 봉긋 떠서 연화대를 타단 말가,
삼단머리 흐트러져 물귀신이 되단 말가.'

모화는 넋대를 따라 점점 깊은 물속으로 들어갔다. 옷이 물에 젖어 한 자락 몸에 휘감기고, 한 자락 물에 떠서 나부꼈다. 검은 물은 그녀의 허리를 잠그고 점점 부풀어 오른다. 그녀는 차츰 목소리가 멀어지며 넋두리도 휘황해지기 시작했다.

'가자시리 가자시리 이수중분 백노주로,

불러주소 불러주소 우리 성님 불러주소,

봄철이라 이 강변에 복숭아 꽃이 피거덜랑,

소복 단장 낭이 따님 이내 소식 물어주소,

첫 가리제 안부 묻고, 둘째 가….'

할 즈음, 모화의 몸은 그 넋두리와 함께 물속에 아주 잠겨져
버렸다.

　　　　　　　　　　　　　－ 김동리 소설 〈무녀도〉 중에서

정신을 잃으면서도 한 손으로는 봉숙이가 있는 성황당 쪽을
가리키는 승희,

아버지를 비롯한 사람들은 성황당 쪽을 향해 무리지어 달려
간다.

그리고….

얼마나 시간이 지났을까?

무당이 된 봉숙.

지금 승희는 내림굿을 받고 무당이 된 봉숙이 성황당 마당에
서 작두를 타는 광경을 지켜보고 있다. 무복을 입고 방울을 흔
들며 몸 어디든지 살짝만 스치기만 해도 베일 것만 같은, 날이
시퍼렇게 선 작두 위에서 신들린 듯 껑충껑충 뛰던 봉숙이가

한 바퀴 빙그르르 돌고는 승희를 바라보며 손짓한다.

'이리와, 승희야. 이리와. 나랑 같이 놀자.'

'이…이럴…수가…. 아…안 돼…봉숙아. 당장 작두 위에서 내려와. 거기서 내려와서 나랑 같이 우리 집에 가자.'

작두 위에서 덩실덩실 춤추듯 뛰며 승희에게 손짓하던 봉숙이가 말한다.

'왜 안 왔니? 날 구하러 온다더니…. 날 데리러 온다더니…. 난 승희 니가 오길 기다렸는데….네가 날 구하러 오길 간절히 바랐었는데….'

원망하는 듯한 눈빛의 봉숙이가 승희에게 말한다. 승희의 두 눈에 눈물이 고인다. 눈동자에 가득 고인 눈물이 승희의 두 뺨을 타고 흘러내리기 시작한다.

'나 많이 기다렸지? 미안해 봉숙아…. 정말 미안해. 내가…널 구해주지 못했어. 날 기다리며 원망 많이 했지? 돌아오지 않는 나를 기다리면서 많이 무서웠지?'

작두 위에서 춤추는 봉숙이를 향해 다가가는 승희. 승희는 봉숙이에게 손을 내밀며 말한다.

"가자, 봉숙아. 이제 내가 왔잖니. 내가 널 데리러 왔잖니. 이제 가자, 우리 집으로. 우리 집에서 나랑 같이 살면서 학교도

같이 다니고 놀러도 같이 가고, 그러면서 우리 같이 사는 거야. 널 버린 아빠랑 엄마는 이제 잊어버려. 봉숙이 넌, 이제 나랑 우리 집에서 우리 어머니 아버지랑 행복하게 사는 거야…."

작두 위에서 춤추던 봉숙이가 갑자기 동작을 멈추고 작두 위에 그대로 선다. 그리고 눈물을 흘린다. 두 눈에서 눈물을 펑펑 쏟으며 승희가 내민 손을 잡으려 한쪽 팔을 뻗는다. 순간! 봉숙의 두 발에서 피가 흐르기 시작한다. 신들린 듯 작두 위에서 춤추던 봉숙이가 움직임을 멈추자 서슬 퍼런 작두날이 봉숙의 작은 두 발을 파고들기 시작한 것이다. 이미 봉숙의 발은 피투성이. 봉숙이가 서 있는 작두 주위는 봉숙이 흘린 시뻘건 피로 범벅이 된 채 선혈이 낭자하다.

'늦었어, 이젠…, 난…못 가. 이미 난….'

두 발에서 피를 뚝뚝 흘리며 작두 위에 서 있는 봉숙이 말한다.

'잘 가…. 승희야… 이젠… 안녕….'

승희가 울부짖으며 봉숙에게 말한다.

'아…안 돼….봉숙아…안 돼…. 나랑 같이 가…자…. 아….'

처음엔 쾌자자락이 보이더니 그것마저 잠겨버리고, 넋대만 물 위에 빙빙 돌나가 흘러내렸다.

열흘쯤 지난 뒤다.

동해변 어느 길목에서 해물 가게를 보고 있다던 체수 조그만 사내가 나귀 한 마리를 몰고 왔을 때, 그때까지 아직 몸이 완쾌하지 못한 낭이는 퀭한 눈으로 자리에 누워 있었다.

사내는 낭이에게 흰 죽을 먹이기 시작했다.

"아버으이."

낭이는 그 아버지를 보자 이렇게 소리를 내어 불렀다. 모화의 마지막 굿이(떠돌던 예언대로) 영검을 나타냈는지 그녀의 말소리는 전에 없이 알아들을 만도 했다.

다시 열흘이 지났다.

"여기 타라."

사내는 손으로 나귀를 가리켰다.

"..."

낭이는 잠자코 그 아버지가 시키는 대로 나귀 위에 올라앉았다.

그네들이 떠난 뒤엔 아무도 그 집을 찾아오는 사람이 없었고, 밤이면 그 무성한 잡풀 속에서 모기들만이 떼를 지어 울었다.

—김동리 소설 〈무녀도〉 중에서

"승희야, 승희야! 이제 정신이 드니?"

꿈이었던가? 온몸이 땀에 흠뻑 젖은 채 봉숙이를 부르짖던 승희를 지켜보던 승희 어머니께서 조심스레 말씀하신다. 승희가 눈을 뜬다.

'여긴 어디지?'

온통 하얀 빛깔의 방. 자신의 팔에 주렁주렁 매달려 있는 정체를 알 수 없는 물주머니. 엑스레이 사진이 걸려있는 벽면. 초점 없는 승희의 두 눈에 하얀 천장이 보인다.

'병…원…인가?'

머리맡에서 누군가 자신을 지켜보고 있다는 걸 깨닫게 된 승희. 흐릿하던 누군가의 얼굴이 어머니의 모습으로 변하면서 점점 또렷해진다. 그제야 엄마가 자신을 지켜보고 있다는 걸 알게 된 승희가 안도의 한숨을 쉬면서 말한다.

"엄마."

그토록 무서웠던 성황당에서, 봉숙 어미 미숙의 서슬 퍼런 칼날이 자신의 목을 겨누던 그토록 위급했던 죽음의 갈림길에서 승희의 머릿속에 떠오르던, 가장 생각나던 단 한 사람, 엄마. 그 엄마가 바로 옆에서 승희의 이름을 부르고 있는 것이다.

"그래…, 승희야…. 그곳에서 혼자서 많이 무서웠제? 미안하데이. 엄마가 너무 늦게 가서."

엄마가 말하자 퍼뜩 생각난 듯 승희가 말한다.

"봉숙이! 봉숙이는 우째 되었나요? 그날 봉숙이한테 무슨 일이 일어났는지 엄마는 알고 계시지예?"

"아이고 야야. 승희 니는 지금 3일째 혼수상태였다가 방금 깨어났데이. 3일 밤낮을 헛소리만 하며 정신이 없었단 말이다. 봉숙이 이야기는 좀 이따 해 줄 테니 일단 니 몸부터 추스리거래이…."

"아입니더 어무이예. 이제 저는 멀쩡합니데이. 봉숙이를 구해야 되는데…. 내림굿 받던 봉숙이, 봉숙이는 우째 됐어예? 사람들이 봉숙이는 구했지예?"

이렇게 승희가 펄펄 뛰며 봉숙이의 안부를 묻자 할 수 없다는 표정으로 승희 어머니께서 말씀하신다.

"그게…. 우리들이 성황당에 도착했을 때는 이미 모든 일들이 끝나버렸던 뒤라 내림굿을 하던 무당 일행도 어디론가 사라지고, 성황당 마당에는 넋이 나간 듯한 봉숙이 엄마랑 봉숙이 두 사람만이 멍하니 앉아 있었어."

"그런데 엄마, 아빠는 제가 거기 있는 걸 어떻게 알고 찾아오셨어요?"

문득 어떻게 자신을 찾아냈는지 궁금해진 승희가 엄마에게 묻는다.

"소풍간다고 집 나간 녀석이 밤이 늦도록 집에 돌아오지 않아 걱정이 되어 이리저리 수소문하던 아빠께서 승희 너네 담임 선생님 댁을 찾아갔지. 소풍닐이라 모두 일찍 퇴근했는지 학교에 아무리 전화를 해도 전화 받는 사람이 없었어. 하는 수없이 아빠께서 수소문해서 선생님의 집 전화번호랑 주소를 알게 되었고, 그 길로 전화 통화 후 선생님 댁으로 찾아간 아빠께서 봉 선생님으로부터 승희가 항상 봉숙이랑 같이 다닌다는 이야기를 듣게 되었지."

긴박했던 당시의 상황을 차근차근 설명해 주시는 어머니의 이야기가 이어진다.

"엄마랑 아빠, 그리고 봉 선생님은 처음에는 봉숙 어머니가 일하신다는 요석궁이란 요정에 찾아갔었어. 하지만 그곳 사람들로부터 봉숙이 어머니가 일하다 말고 사라졌다는 얘기만 듣게 되었지. 그때 문득 봉기태 선생님께서 지난 3월에 학생들 가정방문을 갔었던 기억을 떠올리신 게지. 물론 봉기태 선생님은 봉숙이 집에 직접 가 보지는 못했다고 하시더라. 엄마가 술집에 일하신다며 새벽이 되어서야 집에 돌아오신다는 봉숙이의 말에 가정방문은 포기한 채 대략 봉숙이가 어디 산다는 이야기만 들었던 거지. 성건동 마을 근처 벌판 어딘가에 있는 성황당 주변에서 산다는 얘기를 봉숙이로부터 들었던 기억이 있던 봉기태 선생님의 말을 듣고 그길로 엄마 아빠는 경찰관을 대동하고, 마을 사람들을 모아 횃불을 들고 승희 널 찾아 나서게 되었던 거고…."

"그래서요? 그래서 봉숙이는 어떻게 되었나요? 봉숙이는 괜찮나요? 지금 봉숙이는 어디에 있나요? 봉숙이 어머니는 또 어떻게 되었나요?"

승희가 묻자 차마 말하기 어렵다는 듯 곤란한 표정을 짓는 승희 어머니. 한동안 입이 굳어버린 듯 아무 말 않던 승희 엄마가 긴 침묵을 깨고 입을 열기 시작한다.

"그게…말이다. 승희야. 지금부터 엄마가 하는 말에 놀라지 말거라. 하긴 결국 승희 너도 알게 될 이야기니까…."

그러면서 승희 엄마는 그날 밤 봉숙이 모녀에게 일어났던 일에 대해 승희에게 이야기하기 시작한다.

승희 어머니께서 승희에게 들려준 끔찍했던 그날 밤 봉숙이 모녀의 이야기를 정리해 보면 아래와 같다.

아이들이 봄 소풍을 가던 바로 그날, 밤이 늦도록 승희가 집으로 돌아오지 않자 담임 선생님과 경찰관, 그리고 마을 사람들을 모아 횃불을 켠 채 봉숙이가 산다는 성건동 근처 벌판의 성황당을 찾아 나선다. 그때 승희 부모는 맨발로 벌판을 뛰어오며 엄마, 아빠를 부르짖다 정신을 잃으면서도 봉숙이가 있는 곳을 손으로 가리키는 승희를 안고 달려가게 된다.

봉숙이의 내림굿이 어느 정도 진행되어 신내림을 받은 봉숙이가 작두를 타던 도중, 사람들이 무리지어 횃불을 들고 오는 광경을 목격한 무녀 예화 일행은 작두 타던 봉숙이와 그런 봉숙이 옆에서 넋이 나간 채 기도하던 봉숙 어미 미숙을 내버려 둔 채 그대로 달아난다. 사람들이 도착했을 무렵, 성황당 마당에는 작두 위에 올라서서 껑충껑충 뛰고 있는 봉숙이와 그런 봉숙이를 바라보며 무어라 주문을 외던 봉숙 어미 미숙만이 남아 있을 뿐이었다.

눈앞에 펼쳐진 무섭고도 해괴한 광경에 선뜻 다가서지 못하고 저만치 뒤로 물러선 채로 놀라서 멍하니 구경만 하던 사람들 틈에서 승희 아버지가 작두 위의 봉숙을 조심스레 안아서 마당에 내려두고 멍하니 기도하던 봉숙 어미 미숙에게 말한다.

"봉숙 어머니! 어린 딸에게 지금 이게 무슨 짓입니까? 또 우리 승희에게는 대체 무슨 짓을 한 겁니까?"

넋이 나간 듯한 얼굴로 횃불을 들고 성황당 마당에 모인 사람들을 하나하나 쳐다보던 봉숙 어미 미숙이 말하기 시작한다.

"이런…잡놈들. 엇쉬, 물렀거라 잡귀들아….

여기 계신 성건동 애기청소 물귀신님, 사해 용왕님, 경주 남산 산신령님, 성황당 최영 장군님, 산신각의 김유신 장군님, 저 잡귀들에게 저주를 내려 주소서.

이놈들아! 대체 여기가 어딘 줄 알고 찾아 왔단 말이더냐? 여기 성황당에 와 계시는 우리 신령님들 모습이 정녕 네놈들 눈엔 보이질 않는단 말이냐. 자손만대 귀머거리, 소경, 앉은뱅이, 바보 천치 자식들을 낳길 바라지 않는다면 얼른 지금 여기서 물렀거라. 옛끼! 생살을 씹어 먹어도 시원찮을 잡귀들!"

이때 들린 비명소리가 사람들이 모여 있는 성황당 마당에 울려 퍼진다.

"악!"

사람들에게 무서운 저주를 퍼붓는 미숙의 양 손에 수갑을 채우고, 경찰서로 연행을 시도하다 미숙에게 얼굴을 물린 경찰관이 외마디 비명을 지른 것이다. 이 광경을 지켜보던 사람들이 우르르 미숙에게 달려들어 온몸을 꼼짝 못하게 붙들고는 누군가 찾아 가져온 온 성황당 창고 안에 있던 밧줄로 미숙의 온몸을 칭칭 동여매기 시작한다. 그 와중에서도 사람들에게 퍼붓는 미숙의 저주가 끊이질 않자 이번엔 사람들이 미숙의 입에 재갈을 물린다. 그리고 미숙은 얼굴이 피투성이가 된 경찰관의 손에 이끌려 경찰서로 연행되었다. 사람들이 뿔뿔이 흩어지고 홀로 남은 봉숙은 승희 부모님의 손에 이끌려 정신을 잃은 승희와 함께 승희 집으로 오게 된다.

승희 집에서도 봉숙이는 넋이 나간 듯 멍하니 허공만 쳐다본채 아무 말도 하지 않는다. 승희는 방안에서 온몸이 땀에 흠뻑젖어 헛소리를 한다. 걱정스레 지켜보던 부모님은 봉숙이를 혼자 집에 남겨 두고 온몸에 열이 펄펄 끓는 승희를 들쳐 업는다. 그리고 경주 시내의 큰 병원으로 달려가서 입원을 시키게 된다. 승희를 입원 시킨 후 몸에 펄펄 끓던 열도 내리고 헛소리도잦아들자 안심한 승희 부모님은 그제야 집에 홀로 두고 온 봉숙이가 생각난다. 그래서 급히 집으로 달려오지만 이미 봉숙의모습은 집안 어디에서도 보이질 않게 되고….

승희 아빠는 집에서 사라진 봉숙을 찾아 마을을 서성거리다잠시 후 새벽이 되어 마을 어귀 성황당 근처에서 대낮처럼 훨훨 타오르는 불길을 발견한다. 승희 아빠는 봉숙이가 거기 있으리라 생각하고 한걸음에 그곳으로 달려가 보지만 이미 성황당은 잿더미가 된 뒤였다. 뒤늦게 출동한 소방차에 의해 물바

다가 된 성황당 안에 혹시 봉숙의 시체가 거기 있으리라 생각했던 승희 아빠가 성황당 내부를 샅샅이 뒤졌지만 어디에서도 봉숙의 흔적은 발견하지 못한다.

봉숙을 잃어버린 채 다음날 시청으로 출근했던 승희 아버지는 미숙을 연행했던 경찰관으로부터 충격적인 소식을 듣게 된다. 미숙이 그날 아침 경찰서 유치장에서 창살에 목을 매어 자살했다는 것이다. 아무런 친척도 연고도 없어 자살한 미숙의 장례를 치르느라 승희 아버지와 봉숙의 담임 봉기태 선생님은 이틀 동안이나 출근하질 못했고, 미숙의 발인이 끝난 오늘에서야 봉숙이 모녀의 일은 일단락 되게 되었던 것이다. 그리고 난 후 승희는 3일 동안의 혼수상태에서 깨어나게 된 것이다.

여기까지 어머니의 이야기를 듣던 도중 미숙의 자살 소식을 접하게 된 승희가 눈물을 흘리며 어머니에게 묻는다.

"결국… 봉숙이 어머니는 그렇게 되셨군요. 그럼… 사라진 봉숙이는요? 정신이 나갔던 봉숙이를 왜 그렇게 혼자 두셨나요? 예?"

"어쩔 수 없었단다. 정신을 잃었던 승희 니가 열이 펄펄 끓고 헛소리를 심하게 하는 바람에…. 봉숙이가 있다는 걸 깜빡했었다. 엄마, 아빠가 승희 널 업고 시내에 있는 큰 병원으로 가서 입원시키고 나서야 봉숙이를 집에 혼자 두고 왔다는 생각이 났던 거야. 아버지가 뒤늦게 집으로 달려가 보았지만 이미 봉숙이는 어디론가 사라져버렸고, 봉숙이는 어디엔가 있겠지. 어린 아이가 가 보았자 어딜 가겠니? 아마도 승희 니가 학교에 등교할 때쯤이면 봉숙이도 학교로 나타날 테니 너무 걱정 말거래이. 니 아빠도 담임 선생님도 경찰들과 함께 지금 봉숙이를 열심히 찾고 있으니 곧 좋은 소식이 들려오지 않겠니?"

어머니의 얘길 듣던 승희가 갑자기 병실 침대에서 벌떡 일어서더니 이렇게 말한다.

"엄마! 제 옷 어딨어요? 지금 급히 가 볼 데가 있어요."

"얘야. 3일 동안이나 의식 없던 애가 이제 막 정신이 들고선 대체 어딜 간단 말이냐? 의사 선생님도 아직 며칠 더 누워있어야 한다고 말씀하셨단 말이야."

마음이 급해진 승희가 어머니께 말한다.

"사라진 봉숙이가 어디 있는지 알 수 있을 거 같아요. 지금 제가 안 가면 봉숙일 영영 못 찾을 수도 있단 말예요. 엄마, 제 옷 갖다 주이소. 얼른요. 지금 제가 나가서 봉숙이를 찾아올게요."

그리고선 엄마와 한참을 실랑이 끝에 받아든 외출복으로 갈아입은 승희가 병원을 빠져나와 어디론가 향해 달려간다. 승희는 어디로 가는 것인지…. 과연 승희는 봉숙이를 찾을 수 있을 것인지….

'봉숙이는 어디로 사라져 버렸을까?

결국 내림굿을 받은 봉숙이는 정말로 무당이 되어버린 것일까?

혹시 봉숙이는 그날 밤 일로 충격을 받고 영영 정신이 나가버린 건 아닐까?

지금 당장 봉숙이를 찾지 못한다면 아마도 영영 봉숙이를 못 볼지 몰라….'

이런 생각을 하며 봉숙을 찾기 위해 병실을 나온 승희의 머릿속에 있을 만한 곳으로 퍼뜩 떠오른 장소는 두 곳이다. 그 중한 곳이 대릉원의 잔디밭이다. 봉숙이와 함께 해넘이를 바라보며 봉숙의 비밀을 알게 된 바로 그곳이었다. 먼저 승희는 봉숙이가 자신의 가정사를 털어 놓던 첨성대 옆, 대릉원의 넓디넓은 잔디밭 광장을 향해 달려가는 중이다.

'제발…. 제발 그곳에서 날 기다리고 있기를….'

마음속으로 간절히 기도하는 승희. 아직 한낮이어서 해가 중천에 떠 있을 시각, 학생들이 한창 수업 중인 자신이 다니는 ㄱ초등학교를 스치듯 지난 승희가 경주역을 거쳐 첨성대가 있는 대릉원 광장을 향해 달려간다. 사흘 밤낮을 혼수상태에 빠져 있던 아이라고는 믿기지 않을 만큼 힘차게 뛰어가는 승희는 숨이 턱까지 차올라 헛구역질이 날 지경이지만 달리기를 멈추지 않는다. 대릉원이 가까워 올수록 오히려 더욱 더 속력을 내어 달리기 시작하는 승희. 승희 눈에 저 멀리 첨성대가 보이기 시작한다.

평일 낮이어서 그런지 주말이면 관광객으로 붐벼서 발 디딜 틈이 없던 이곳 첨성대 주변의 대릉원 광장도 간간이 보이는 몇몇 관광객 외에는 사람이 거의 없어 한산하다. 봉숙을 찾느라 다급한 승희의 마음과는 달리 대릉원 광장은 오히려 평화로워 보인다. 첨성대에서 그리 멀지 않은 잔디밭 광장, 봉숙이와 함께 대릉원으로 넘어가는 해넘이를 바라보며 봉숙의 슬픈 가정사를 들었던 바로 그곳에 봉숙이가 자신을 기다리고 있기를 간절히 기도하며 달리던 승희 눈에 잔디밭 광장에 앉아있는 낯익은 모습의 여자아이 하나가 보이기 시작한다.

"봉숙아! 봉숙아!"

외치며 달려가는 승희. 하지만 여자아이는 승희 쪽을 향해 돌아보지 않는다. 승희를 등지고 대릉원 쪽을 바라보며 잔디밭 광장에 앉아 있는 긴 생머리의 소녀 하나. 점점 가까이 다가오는 낯익은 여자아이의 뒷모습을 바라보며 달리던 승희가 갑자기 멈춰 선다. 누군가 남자로 보이는 어른이 여자아이에게 다가가서 손을 내밀고, 소녀는 남자의 손을 잡고 일어서서는 어디론가를 향해 걸어가는 것이었다.

'저 사람은 누구지?'

틀림없이 봉숙이로 보이는 여자아이의 손을 잡고 어디론가 걸어가는 남자.

'안 돼! 이렇게 또 봉숙이를 놓칠 순 없다.'

정신을 잃어버려서 내림굿을 받던 봉숙이를 구하러 가지 못해 내내 씻을 수 없는 큰 죄를 지었다고 생각하던 승희가 두 사람을 향해 달려간다. 드디어 두 사람의 모습이 바로 눈앞에 보이고 승희는 봉숙이로 보이는 긴 생머리의 여자아이에게 다가가서 손을 잡으며 말한다.

"봉숙아!"

승희를 등지고 걸어가던 두 사람이 동시에 승희를 향해 고개를 돌린다.

"넌 누구니?"

"아… 미안. 내 친구인 줄 알고 그만."

그 소녀는 봉숙이가 아니었다. 크게 실망한 승희가 돌아서려
는 순간 소녀의 아버지로 보이는 남자가 승희에게 말한다.

"혹시 승희?"

이 말에 깜짝 놀란 승희가 남자에게 말한다.

"아저씨께서 제 이름을 우째 아십니꺼?"

"아! 맞구나. 백승희."

승희가 다시 다그치듯 묻는다.

"아저씨께서 제 이름을 어떻게 아시냐구요? 네?"

그러자 자신을 가족들과 함께 휴가차 서울에서 온 관광객이
라고 밝힌 남자가 승희에게 말한다.

"이틀 전이었던가? 우리 가족이 이곳 경주로 휴가 온 첫날,
대릉원 주변을 산책하다가 우리 딸과 비슷하게 생긴 여자아이
하나가 여기 잔디밭 광장에 꼼짝도 하지 않고 앉아 있길래 그
냥 그런가보다 하고 지나쳤었지. 그런데 오늘 아침에도 그 아
이가 여전히 그 자리에 앉아 있길래 이상한 생각이 들어 내가
가서 묻게 된 거지. 너는 왜 집에 가지 않고 여기 이러고 앉아
있냐고."

"그… 그래서요? 그랬더니 그 아이가 뭐라 그러던가요?"

"친구를 기다린다고 하더구나. 얼굴이 하얗고 잘 생긴 남자아이. 그 친구가 자기를 찾아 이리로 올 거라 하면서…. 그 친구 이름이 백승희라고. 그래서 승희란 이름을 기억하고 있었지. 지금 생각하니 그 여자아이는 먹지도 않고 자지도 않으면서 이틀 밤낮을 여기서 꼼짝 않고 승희라는 친구, 너를 기다렸던 것 같았어."

그 말을 들은 승희의 가슴이 찢어진다.

'봉숙아. 내가 정신을 잃고 병원에 있던 그 순간, 넌 이곳에서 오지도 않을 날 기다렸었구나. 이틀 밤 이틀 낮을 먹지도, 자지도 않은 채…. 미안해, 봉숙아. 내가 또 다시 널 기다리게 했구나.'

자신을 기다렸을 봉숙을 생각하며 가슴이 미어져 눈물을 흘리던 승희가 아저씨에게 말한다.

"아저씨. 그 아이…. 언제부터 여기서 보이질 않던가요? 혹 어디로 간다고 말 하진 않던가요?"

"나도 그 아이가 무슨 사연이 있을 거란 생각이 들어 이것저것 물어보았지. 그랬더니 자신의 이름은 봉숙이라며 엄마가 무서워 집을 나왔는데, 여기서 이러고 있으면 승희라는 친구가

자기를 데리러 올 거라는 말만 반복하더라고…."

"그래서요? 그런데 왜 봉숙이는 지금 여기에 없는 거죠? 봉숙이는 지금 어디 있죠?"

다그치듯 묻는 승희를 바라보며 안타까운 표정을 짓던 서울 아저씨가 말한다..

"봉숙이란 아이…. 어린 여자아이가 이틀 밤낮을 꼼짝 않고 이곳에 있으며 친구를 기다리다 힘이 들었는지 오늘 아침에서야 이곳을 떠나며 내게 부탁을 했었어."

"무슨 부탁을요?"

"제발 부탁이니 나에게 오늘 오후 2시까지 이곳에서 승희란 아이를 기다려 달라고 말이다. 승희란 친구가 자신을 꼭 찾아올 거라 하면서. 그리고 승희를 만나거든 자신은 지금 애기청소로 간다고 전해 달라면서."

서울 아저씨의 말이 이어진다.

"그 약속 때문에 지금까지 이곳 잔디밭에서 딸아이와 함께 너를 기다리고 있었고, 약속했던 오후 2시가 막 지나, 지금 자리를 뜨려는데 네가 이곳에 나타난 거란다."

그 말을 들은 승희는 마음이 급해진다. 서울 아저씨에게 감사의 인사도 제대로 못한 채 애기 청소를 향해 달려가는 승희.

'봉숙아…. 조금만, 조금만 더 기다려. 내가 간다. 이제 더는 널 기다리게 하지 않을게. 미안해 봉숙아. 조금만 기다려.'

봉숙이가 있다는 애기청소를 향해 달려가면서 승희는 불길한 생각이 들기 시작한다.

'애기청소로 갔다면 문둥이가 살고 있던 그 동굴로 갔단 말인지? 아니면?'

문둥이가 살던 동굴로 갔다면 안심할 일이지만 혹 봉숙이가 애기청소에 몸을 던져 자신의 어머니처럼 될 수도 있다는 생각이 든 승희는 마음이 급해지기 시작한다.

'제발…, 봉숙아. 지금 내가 가고 있으니 조금만 기다려줘! 조금만! 그리고 제발…, 살아만… 살아만 있어주라.'

3일 동안 의식을 잃었다가 정신을 차렸던 승희가 어머니께 그간의 이야기를 전해 듣고 봉숙이를 찾기 위해 병실을 뛰쳐나오면서 예상했던 곳은 두 군데.

한 곳은 방금 승희가 찾아 간 대릉원의 잔디밭, 또 한 곳은 문둥이가 살던 동굴이 있던 애기청소였던 것이다. 봉숙이가 있다는 애기청소를 향해 달려가고 있는 승희가 생각한다.

'애기청소…. 거길 먼저 갔었어야 하는데. 처음부터 그리로

갔더라면 봉숙일 놓치지 않고 만날 수 있었을 텐데…. 바보, 바보, 바보!'

가슴이 시커멓게 타 들어가기 시작한 승희는 지난번 북한군들이 파놓았다던 땅굴을 찾기 위해 봉숙이와 갔었다가 발견한, 문둥이들이 사는 동굴이 있던 애기청소를 향해 숨이 턱에 차도록 달려가기 시작한다. 기생 을화와 귀족의 딸 예기라는 처녀가 빠져 죽은 후 지금까지도 매년 익사 사고가 끊이질 않는다는 금장대 아래 검고 푸르게 흐르는 깊은 소沼. 예기청수藝妓清水 혹은 애기청소라고도 불리는 곳. 김동리 소설 〈무녀도〉에서 무녀 모화가 굿을 하다 빠져 죽은 무대가 되기도 한 곳. 그곳에 간 사람들을 홀려 정신을 나가게 해서 사람들을 물속으로 끌고 들어간다는 물귀신이 있다는 애기청소에서 봉숙이가 무슨 큰일이나 당하지 않을까, 혹은 내림굿을 받은 봉숙이가 감당하기 힘든 충격을 받고 스스로 물속에 뛰어들지나 않을까 하는 생각에까지 이른 승희는 어떻게든 빨리 애기청소에 도착해야 한다는 마음뿐이다. 드디어 승희의 눈에 저 멀리 물귀신이 산다는 애기청소가 보이기 시작한다.

'제발…, 봉숙아. 부탁이다. 제발 내가 갈 때까지. 거기 꼼짝말고 있어라. 제발!'

이렇게 생각하는 동안 애기청소에 이른 승희, 절벽 아래 검고 푸르게 흐르는 애기청소를 바라보던 승희가 봉숙의 이름을 목청껏 외쳐 부른다.

"봉숙아! 봉숙아! 어디 있니? 내가 왔어. 승희가 왔단 말이다. 어디 있니? 봉숙아! 봉숙아! 대답 좀 해 봐. 승희가 왔어. 네가 기다리던 니 친구 승희가 왔단 말이야!"

하지만 애기청소 어디에서도 봉숙의 모습은 보이질 않고 봉숙의 대답도 들리지 않는다. 지난번 반 아이들과 북한군이 파두었던 땅굴을 찾으러 왔다가 발견했었던 문둥이가 살던 동굴, 애기청소에서도 봉숙이의 흔적을 찾을 수 없던 승희는 금장대 뒤 숲속에 문둥이가 살던 동굴을 향해 달려간다.

'이곳에는 봉숙이가 있겠지? 제발…, 제발…. 이곳에서 봉숙이가 날 기다리고 있기를!'

동굴 입구에 도착한 승희가 컴컴한 동굴 안으로 거침없이 들어간다.

몇 달 전 처음 봉숙이와 이곳으로 왔을 때 두려움에 떨던 모습과는 달리.

"봉숙아! 봉숙아! 나야 승희! 내가 왔어. 여기 있는 게 맞지?

봉숙아! 대답 좀 해 봐. 봉숙아!"

지난번 친구들과 함께 왔을 때 곧 소록도로 간다던 나병 환자들이 아직 이곳에 살고 있는지 군데군데 동굴을 밝히는 촛불들이 켜져 있다. 이전에 승희가 왔을 때와는 달리 사람이 산 지 제법 되었는지 동굴 곳곳에 세간살이들이 여기저기 보이기 시작한다. 음식을 하기 위한 취사도구들이며, 이불이며, 밥상이며, 비닐로 만든 옷장들까지.

"누구니? 누가 왔니?"

동굴의 막다른 곳에 이른 승희의 귀에 낯익은 목소리가 들린다.

'할머니?'

지난번 아이들과 이곳에 왔을 때 봉숙이와 이야기를 나누던 문둥이 할머니가 여태 여기서 살고 계신 것이다. 동굴 속 어둠에 익숙해진 승희 눈에 누워있는 문둥이 할머니의 모습이 보이기 시작한다.

"할머니! 저예요! 저… 기억 하시겠지예? 지난번 봉숙이와 함께 이곳에 왔었던 친구 승희."

할머니가 대답한다.

"아, 봉숙이 친구구나. 그래 니 이름이 승희라꼬? 안 그래도 오늘 오전에 봉숙이가 비 맞은 생쥐 꼴을 하고 날 찾아 왔었지.

다 죽어가는 얼굴을 하고선 승희란 아이의 이름을 내게 말하며 곧 이곳으로 승희가 자기를 찾아 올 거라 얘기하더라 만은…."

문둥이 할머니의 이야기를 들은 승희의 눈이 번쩍 떠진다. 봉숙이, 승희가 그토록 찾아 헤매던 봉숙이가 이곳에 왔었던 것이다. 얼굴이 활짝 펴진 승희가 반색을 하고 할머니에게 묻는다.

"그래서예? 그래서 봉숙이는 지금 어디 있어예? 봉숙이는 틀림없이 이곳에 있지예?"

몸이 불편해서 동굴 바닥에 깔려 있던 요에 누워있던 문둥이 할머니가 몸을 일으켜 세워 앉는다. 그리고 안타깝다는 표정으로 한참동안 승희를 바라보더니 말하기 시작한다.

"봉숙이… 지금 여기 없는데."

봉숙이가 이곳에 없다는 문둥이 할머니의 얘기. 승희는 또 다시 가슴속이 타들어가기 시작한다.

"봉숙이…. 봉숙이는 그럼 지금 어디에 있단 말입니꺼?"

"오늘 아침에 봉숙이가 날 찾아와서는 지난 며칠 동안 자신에게 있었던 이야기를 해 주더구나. 엄마가 자신을 무당으로 만들려고 했다며, 그러면서 자신의 친구 승희라는 아이에게도 몹쓸 짓을 했다고. 그래서 내림굿을 받던 도중 몰려온 마을 사람들에게 자기 엄마는 끌려가고 봉숙이는 승희란 친구 집에 가게 되었다면서…."

"그래서요? 그래서 봉숙이가 뭐라고 하던가요"

"내림굿을 받고 징신이 나갔던 봉숙이가 승희네 집에서 징신을 차리고 보니 집 안에 아무도 없길래 승희 너를 찾아 자신이 살던 성황당으로 갔었다고. 그곳에서 마을 사람들이 봉숙이 모녀 욕을 하며 성황당에 불을 지르는 걸 봉숙이가 봤다더구나. 아마도 내 생각엔 내림굿을 받고 작두 위에서 춤을 추던 봉숙이를 목격했던 마을 사람들이 봉숙이도 요물이라고, 봉숙이도 마을에서 쫓아내야 한다고 했던 말을 들었던 거 같애. 그 말을 들은 봉숙이는 무서워 승희 너네 집으로도 돌아가지 못하고 대릉원에 있는 잔디밭 광장으로 갔다고 하더라."

"그래서요? 그 다음엔요?"

"대릉원에서 기다리다 지친 봉숙이가 이곳 동굴에서 승희 널기다리려고 했던 모양인데…."

"그런데 왜 봉숙이는 지금 여기 없나요?"

승희의 말을 듣고 한숨 한번 크게 내쉰 문둥이 할머니가 말한다.

"누군가…. 이곳으로 봉숙이를 찾아왔었지."

"그…그게 누구였나요? 봉숙이를 찾아왔다는 사람이?"

문둥이 할머니가 자신 없는 듯한 목소리로 승희에게 말씀하신다.

"글쎄…. 동굴 입구에서 누군가가 이름을 부르자 봉숙이가 그 소리를 듣고 달려 나갔는데. 그 다음부터 봉숙이는 이곳으로 다시 돌아오지 않았어. 보다시피 내가 허리나 무릎이 안 좋아서 봉숙이를 따라 동굴 밖으로 나갈 수가 없었거든. 그래서 밖에 누가 왔는지 확인할 수는 없었어. 봉숙이가 누군가의 부름을 받고 동굴 밖으로 나간 뒤로 나도 여기서 봉숙이가 돌아오기를 이제나 저제나 기다리고 있던 중에 승희 네가 여기 온 거란다."

순간 뭔가가 퍼뜩 생각난 승희가 문둥이 할머니에게 다그치듯 묻는다.

"봉숙이를 부른 사람… 남자였나요? 여자였나요? 한 명이었나요? 아니면 여러 명이었나요?"

난감한 표정을 짓던 할머니가 승희에게 말한다.

"글쎄…. 내가 요즘 가는귀가 먹어서…. 밖에서 부르던 소리를 제대로 듣지는 못했어. 그래서 봉숙이를 부르는 소리가 남자 목소리였는지, 아님 여자였는지 잘 모르겠구나."

이때 뒤에서 누군가가 자신을 지켜보는 듯한 느낌이 든 승희가 고개를 돌려 동굴 입구 쪽을 바라본다. 고개 돌린 승희 눈에 자신을 뒤에서 에워싸고 있는 사람들이 보인다. 이들은 얼굴이 없다. 지난번 친구들과 동굴에 왔었을 때 마주쳤던 얼굴 없는 사람들. 그들은 바로 이곳 동굴에서 살고 있던 문둥이 청년들이다.

승희가 처음 이들을 마주했다면 기겁을 하고 달아났겠지만 이미 한 번 만난 경험이 있었던 터라 그들을 찬찬히 살펴본다. 그리고 봉숙이가 삼촌이라 부르던 문둥이 청년의 모습을 찾아낸다. 그에게 다가가 묻는다. 지금 봉숙이를 찾는데 혈안이 된 승희 눈엔 얼굴이 문드러진 문둥이 청년이 무섭지 않다. 다만 그로부터 봉숙이의 행방을 알 수 있는 단서만이라도 찾아낼 수 있다면, 지금 승희는 그들이 죽으라면 죽는 시늉까지도 하고 싶은 마음인 것이다.

"아…안녕하십니꺼? 지…지는 봉숙이 친구 승희라고 합니더. 지난번 봉숙이랑 함께 이곳에 왔었던…."

봉숙이가 삼촌이라 부르던 문둥이 청년이 승희에게 말한다.

"그래…. 네가 승희로구나. 지난번 우리 동굴에 왔었던…. 평소 봉숙이가 자기랑 가장 친하다던 친구 승희. 매주 일요일마다 여기 놀러 와서 밖에 나가기 힘든 우리들 심부름이랑 허드렛일을 해주곤 하던 봉숙이한테 니 이야기 많이 들었었지…."

문둥이 청년의 이야기를 들은 승희가 혼자 속으로 생각한다.

'지난번 우리 친구들이 여기 왔다 간 이후로도 여전히 봉숙이는 이 사람들을 도와주고 있었구나. 이렇게 마음씨 착한 봉숙이한테 어떻게 이런 무서운 일들이 일어났는지….'

마음씨 착한 봉숙이를 생각하자 가슴이 미어지는 승희가 금방이라도 쏟아질 것 같은 눈물을 억지로 참으며 문둥이 청년에게 말한다.

"삼촌…. 저도 봉숙이 친구니까 삼촌이라 불러도 되겠지예? 삼촌…. 저는 봉숙이를 꼭, 꼭 찾아야 해요. 삼촌께서는 봉숙이가 어디로 갔는지 알고 계시지예? 예? 말해 주이소…. 삼촌, 예?"

얼굴이 문드러진 문둥이라 난감한 표정을 짓는지 알 수는 없지만 자신 없는 듯 기어들어가는 목소리로 문둥이 삼촌이 말한다.

"하긴 오늘 오전에 나도 밖에서 밭일 하고 돌아오던 중 동굴 입구에서 봉숙이가 누군가와 이야기 하더니 어디론가 가는 걸 보기는 했는데…. 워낙 먼 곳이어서 자세히 보지는 못했어. 그런데 한 명은 제복을 입은 경찰관처럼 보였고 나머지 한 명은…."

그 말을 들은 승희가 반색을 하고 묻는다.

"그럼 봉숙이를 찾아온 사람이 두 명이었다는 말이네요? 그럼 나머지, 나머지 한 명은요? 나머지 한 명은 어떻게 생겼어요? 남자였나요? 여자였나요? 키는 컸나요? 작았나요? 뚱뚱했나요? 날씬했나요?"

추궁하듯 질문을 퍼붓는 승희에게 미안하다는 듯 말까지 더듬거리며 문둥이 삼촌이 승희에게 말한다.

"그…그건…. 나도 잘 모르겠어. 사실 한 명이 제복을 입은 경찰관인지도 확실치는 않고, 게다가 나머지 한 명은 도저히 잘…. 다만, 봉숙이보다 키가 컸으니 어른인거는 확실한데…. 남자 같기도 하고…. 여튼 남자인지, 여자인지 분간조차 가지 않는 먼 거리에서 본 거라."

이 말을 듣고 실망한 표정을 짓던 승희에게 문둥이 삼촌이 말한다.

"그런데 봉숙이…. 경찰관처럼 보이던 사람 말고 그 옆 사람한테 순순히 손을 내밀곤 둘이서 손잡고 가더라. 이미 두 사람은 이전부터 잘 알던 사이였던 듯이 말야."

이 말을 들은 승희는 순간 머릿속에 한 사람을 떠올리며 안도의 한숨을 내쉰다.

'봉기태…. 선생님….'

제복 입은 경찰관과 함께 온 사람.

승희에게 그토록 끔찍했던 기억을 심어주었던 그날 밤, 성황당에서 도망치다가 정신을 잃고 쓰러지기 직전 마지막으로 보았던 자신을 구하러 왔던 사람들 중 아버지, 어머니, 제복 입은 경찰관, 마을 사람들, 그리고 봉기태 선생님을 떠올린 승희는 경찰관과 함께 봉숙이를 찾던 담임 선생님께서 찾아왔다고 생각한 것이다.

'학교…. 지금 봉숙이는 학교에 있다. 봉기태 선생님과 함께.'

이렇게 생각한 승희는 동굴 속 문둥이들에게 서둘러 작별인사를 하고 또 다시 달리기 시작한다. 자신이 다니고 있는 ㄱ초등학교 3학년 1반 교실을 향해.

'기다려, 봉숙아. 이번에는, 이번에는 널 절대 놓치지 않는다. 이번엔 제발 사라지지 말기를!'

계절의 여왕 5월.

하얀 뭉게구름이 두둥실 떠 있는 경주의 하늘은 맑고 푸르다.

봉숙이가 있을 3학년 1반 교실을 향해 달려가는 승희의 마음 속에 짙게 자리하던 안개가 걷히고 함께 했던 지난 몇 달 간의 기억들이 주마등처럼 머릿속을 스쳐 지나간다. 이제 봉숙이를 만나게 되면 다시는 헤어지지 않으리라 혼자서 굳게 맹세한다. 아직 학생들의 수업이 끝나지 않은 ㄱ초등학교의 운동장을 가로질러 드디어 3학년 1반 교실에 도착한 승희가 거침없이 교실 뒷문을 열며 이렇게 외친다.

"봉숙아!"

순간 수업 중이던 3학년 1반 아이들의 시선이 교실 뒷문을 열고 서 있는 승희에게 집중된다. 수업 중이던 봉기태 선생님께서 하던 수업을 멈추고 승희를 바라보더니 이렇게 말씀하신다.

"승희 아이가? 병원에 있다더니…. 우예 학교로 왔노? 벌써 병원에서 퇴원했나?"

지금 승희에겐 담임 선생님의 말씀이 귀에 들어오지 않는다.

말없이 한참 동안 텅 비어있는 봉숙이의 자리를 뚫어지게 쳐다보던 승희. 긴 침묵을 깨고 봉기태 선생님에게 말한다.

"쌤예…. 봉숙이는예? 봉숙이가 자리에 없네예. 봉숙이…. 쌤께서 이리로 데리고 온 거 아니었어예?"

승희가 하는 말을 듣고 대강의 상황을 짐작한 선생님께서 말씀하신다.

"승희야…, 교실 밖으로 잠시 나오니라. 나랑 얘기 좀 하자."

반 아이들에게 자습을 하라고 말씀하시곤 담임 선생님께서는 교실 뒷문 쪽에 넋이 나간 듯 서 있는 승희의 손을 잡고선 밖으로 나가신다. 봉숙의 부재를 확인한 승희는 눈물을 펑펑 쏟으며 자신의 손을 잡고 어디론가 향하는 담임 선생님께 계속해서 묻는다.

"선생님예, 봉숙이…. 봉숙이는 어디 있어예? 봉숙이…. 쌤이 찾아서 학교로 데리고 온 거 아니였어예? 제발… 제발…말씀 좀 해 주이소."

승희의 울음 섞인 질문에 아무런 대답이 없던 봉기태 선생님께서는 학교 교정 플라타너스 나무 밑에 있는 벤치에 승희를 앉게 한다. 그리고 승희 앞에 쭈그리고 마주 앉아 말씀하신다.

"미안하다… 승희야. 그날 그 일 이후 이틀 동안 너그 아부지하고 죽은 봉숙이 엄마 장례 치르느라 나도 봉숙이한테 신경 쓸 겨를이 없었단다. 학교도 이틀이나 결근을 하고 오늘 처음 출근한 거라서…."

애기청소에서 봉숙이를 찾아 왔던 사람이 봉기태 선생님이 아니었다는 걸 확인한 승희가 그동안 참았던 울음을 터트린다.

"그라마 봉숙이는? 봉숙이는 지금 어디 있는데예? 예? 애기청소에 있는 문둥이가 사는 동굴로 누군가 봉숙이를 찾아와서 어디론가 데려갔다는데…. 그라마 봉숙이는 누가 어디로 델꼬 갔단 말입니꺼? 예? 쌤예…."

울부짖으며 말하는 승희의 얘기를 들은 봉기태 선생님이 말씀하신다.

"그게 참말이가? 누군가가 봉숙이를 데리고 갔다는 게? 그게 누구고? 봉숙이가 있던 애기청소까지 가서 봉숙이를 데리고 간 사람이?"

오히려 금시초문이라며 승희에게 반문하는 봉기태 선생님.

3일 동안 의식을 잃었었던 승희가 정신이 들자마자 봉숙이를 찾아 이리저리로 뛰어다녔던 탓일까? 아니면 봉숙이를 찾지 못했다는 죄책감과 그로 인한 허탈감 때문이었을까? 점점 의식이 혼미해지는 승희…. 또 다시 승희는 정신을 잃고 만다.

이별 그 후

그로부터 5개월이 흘렀다.

벌써 10월.

불이 난 듯 울긋불긋한 단풍이 온 산을 물들인 경주는 가을이 한창이다.

승희는 지금 봉환이, 봉열이, 승봉이와 함께 황성공원에 있다.

학교 수업 마치고 탱자 따러 가자는 봉환이 말에 그러자고 따라 나선 승희는 귤도 아니고 오렌지도 아닌 탱자라는 과일을 따러 친구들과 함께 황성공원으로 온 것이다.

"음…. 탱자는 귤과 같은 과의 식물인데…. 5월에는 어린 탱자를 따서 약으로 쓰고, 10월에는 익은 탱자를 따서…."

탱자에 대해 아는 체 하며 친구들에게 설명하는 봉환이를 앞에 두고 지금 승희는 공원 벤치에 앉아 다른 생각에 빠져 있다. 이곳 경주로 전학 온 지도 벌써 7개월. 개나리꽃, 벚꽃이 만발했던 봄부터 탱자가 익어가는 지금의 가을까지 초등학교 3학년 남자 아이가 감당하기엔 너무도 힘들고 많은 일들을 겪었던 승희. 그 중에서도 지금까지 승희가 자나 깨나 잊을 수 없는 그 이름, 봉숙이….

지금 승희는 처음 봉숙이를 만났을 때부터 이별했을 때까지를 회상하며 추억에 젖어 있다.

"야! 백승희! 니는 탱자 따러 안 갈끼가? 어서 이리 오이라(오너라)!"

봉환, 봉열, 승봉으로 이루어진 봉트리오의 합창에

"응, 뭐 좀 생각할게 있어서…. 난 잠시 여기 있을 테니 너그들끼리 탱자 따고 있거래이…."

"짜슥…. 저러고 앉아 있을 거면 여기 뭐하러 따라 왔노? 니 거기 꼼짝 말고 있거래이. 우리는 탱자 따고 올 테니까."

봉환이가 이렇게 승희에게 말하곤 봉열이, 승봉이와 함께 탱자를 따러 황성공원의 숲속으로 들어간다. 그런 친구들을 물끄러미 바라보면서 또다시 혼자만의 생각에 잠기는 승희.

경주로 전학 오던 첫날 남대문이 열린 승희를 구해준 봉숙이랑 비를 맞으며 집으로 가던 기억들, 봉숙이 손을 잡고, 봉숙이의 뽀뽀를 빋고 가슴 설레던 전학 첫날, 자신의 집에서 봉숙이의 하이킥 한방에 대문니 하나를 잃어버렸었던 일, 그날 이후 매일매일 수업 시작 전 교실에서 앞에 승희를 앉게 하곤 입을 벌려 빠져버린 이 틈새가 얼마나 좁아졌는지를 검사하던 봉숙이, 북한군이 파 놓은 땅굴 찾으러 애기청소에 갔다가 문둥이들이 사는 동굴까지 들어가서 혼비백산했던 기억들, 봉숙의 엄마 미숙을 만나러 요석궁에 갔었던 일, 그 후 대릉원의 잔디밭 광장에 앉아 봉숙이의 슬픈 비밀 이야기를 듣던 기억들, 그날 봉숙이와 함께 밤하늘의 별자리를 보며 둘이서 깔깔거리던 일, 봄 소풍 가던 날 새벽에 울면서 집으로 승희를 찾아왔던 봉숙이, 그리고 지금도 생각만 해도 몸서리쳐지는 성황당에서의 무서웠던 기억들….

그리고 봉숙 엄마의 죽음과 이어진 봉숙이의 실종.

3일 동안 의식을 잃었다가 정신이 들자마자 사라진 봉숙이를 찾아 대릉원 잔디 광장으로, 또 문둥이가 살던 애기청소의 동굴로 달려갔었던 승희. 애기청소의 문둥이굴에 있던 봉숙이를 찾아와서 어디론가 데려갔다던 의문의 사람들.

그날 이후로 승희는 봉숙이의 행방에 대해 알지 못한다.

'봉숙아….너는 지금 어디 있는 거니? 보고 싶다. 봉숙아….
봉숙아…. 봉숙아….'

속으로 봉숙이를 외쳐보는 승희.

봉숙이를 찾아 헤매다 마지막으로 봉숙이가 있으리라 생각
하고 달려간 학교에서 봉숙이의 부재를 확인한 승희가 다시 의
식을 잃고 병원으로 실려 간 뒤 한참을 아팠다. 온몸에 열이 펄
펄 끓는 채 일주일을 꼬박 병원 신세를 졌던 승희가 건강을 회
복하고 퇴원을 하여 학교에 등교했을 때도 그 어느 누구도 봉
숙이의 행방에 대해 아는 사람은 없었다.

'누구였을까? 봉숙이를 데려간 사람.'

봉숙이 없이는 하루도 못 살 것만 같았던 승희. 봉숙이가 사
라진 후 매일 봉숙이를 떠올리는 승희지만 어느 듯 시간은 무
심하게 흘러 벌써 5개월이 지나버렸다.

'어디에…있을까? 봉숙이는.'

아침에 눈 뜰 때부터, 세수할 때도, 밥 먹을 때도, 혼자서 학
교에 등교할 때도, 교실에서 수업을 들을 때도, 수업 마치고 집

으로 돌아올 때도, 잠자리에 누울 때까지도 아니 잠이 들어 꿈속에서조차 단 한순간도 승희는 봉숙이를 잊을 수 없었다. 봉숙이를 잊어버린다면 봉숙이가 얼마나 슬퍼할까. 봉숙이가 사라지고 5개월이 지난 지금까지도 승희는 매순간 봉숙이를 생각하는 것이다.

'살아…있을까? 봉숙이는? 어딘가에 살아있다면 연락이라도 해 주지. 야속한 친구.'

10월의 황성공원에서 탱자 따러온 친구들을 뒤로 하고 실종된 지 5개월이 지나도록 아무런 연락이 없는 봉숙이를 생각하며, 승희는 그렇게 하염없이 공원 벤치에 앉아있다.

경주의 산들을 온통 붉게 물들였던 단풍들도 어느새 다 떨어졌다. 친구들이랑 탱자를 따러 다닌 가을에서 살을 에는 차가운 바람이 부는 겨울이 시작될 무렵, 겨울 방학을 하루 앞두고 승희는 한 통의 편지를 받게 된다.

"백승희! 학교로 니한테 편지가 한 통 왔네. 근데… 발신자가 안 적혀있고 편지 봉투도 좀 이상하긴 하네. 우리나라서 만든 편지봉투 같지는 않고."

수업을 마치고 종례 시간에 편지를 전해주는 봉기태 선생님께서 말씀하신다.

"우와! 백승희한테 누가 편지를 보냈을까? 대구에 있는 여자 친구 아이가?"

내일이면 이곳 경주에서의 학교생활이 마지막이라는 걸 아는 봉환이가 승희가 떠나는 게 못내 아쉬운지 일부러 싱거운 소리를 한다.

'누굴까? 내게 편지를 보낸 사람이?'

이렇게 생각하며 담임 선생님께 편지를 건네받은 승희가 자기 자리로 돌아오자 반 아이들이 승희를 에워싸고 저마다 한마디씩 한다.

"승희, 니 요즘 펜팔하나? 요새 외국 사람들하고 편지 주고받는 펜팔이 유행이라 카던데."

"근데 펜팔이라면 누가 보냈는지 이름은 적어 놨을 거 아이가?"

"대구에 있는 승희 여자 친구 맞다카이, 그러니까 부끄러워 이름도 안 적어놨지…."

"그나저나 내일이 마지막이네. 승희 니 다시 대구로 전학간다매?"

승희가 받은 편지를 두고 이런저런 얘기를 하는 반 친구들 틈

사이에서 이리저리 편지를 훑어보던 승희가 봉투 귀퉁이에 보일락 말락 아주 조그맣게 쓰인 글씨를 발견하고선 아이들에게 말한다.

"나… 지금 집에 가야겠다. 어머니께서 날 기다리셔. 미안, 내일 방학하거든 모두 우리 집에 놀러가자. 내일 엄마한테 맛있는 거 해 달라 할게. 오늘은 내가 일이 좀 있어서."

반 친구들에게 이 말을 하고선 자리에서 일어서서 집을 향해 달려가기 시작하는 승희, 대체 편지 겉봉에 뭐라고 쓰여 있길래 승희는 이리도 급하게 서둘러 집으로 가려는 걸까?

"학교 다녀왔습니다~"

한 걸음에 집으로 달려온 승희가 벌써 집에 왔냐는 어머니께 건성으로 대답하고는 자신의 방에 들어와 책가방에 고이 모셔 두었던 편지를 꺼낸다.

'혼자서 볼 것!'

아주 자그만 글씨로 이렇게 쓰인 편지 겉봉을 보는 승희, 그렇다! 편지 겉봉에 쓰인 이 글씨를 잊을 수가 없다. 승희가 꿈에서도 잊지 못하는 봉숙이의 글씨였기 때문이다. 편지 봉투를 찢으니 낯익은 봉숙이의 글씨로 빽빽하게 채워진 편지가 들어 있다.

두근거리는 가슴을 진정시키며 편지를 읽어나가기 시작하는 승희.

편지는 이렇게 시작한다.

'날 잊어 버린 건 아니겠지? 벌써 날 잊어버렸다면 승희 닌 내한 테 디진데이!'

편지를 읽자마자 얼굴에 환한 미소를 짓기 시작하는 승희.

'봉숙이…. 봉숙이가 맞구나.'

만면에 미소를 띠며 편지를 읽어나가기 시작하는 승희.

이때 승희를 부르는 엄마의 목소리.

"승희야, 아버지 퇴근하셨네."

'아!'

꿈에도 그리던 봉숙이의 편지를 막 읽기 시작한 승희는 아버지께서 오셨다는 엄마 목소리에 짜증이 났지만 편지 읽기를 멈추고 아버지께 인사하기 위해 방문을 나선다.

"아부지, 다녀 오셨습니꺼?"

"그래. 요새 우리 승희가 많이 착해졌네. 집에도 일찍 들어오고. 수업 마치고 친구들이랑 놀러 안 갔었나?"

"봉숙이가 그렇게 되고 난 뒤부터는 친구들이랑 잘 놀지도 않고 일찍 집에 들어오는 편이라예."

요즘 들어 부쩍 일찍 귀가하는 일이 잦아진 승희를 칭찬하시는 아버지 옆에서 봉숙이 이야기를 꺼내시는 어머니. 이때 승희에게 무언가를 말씀하시려는 아버지와 아버지께 봉숙이한테 편지를 받았다는 얘길 하려던 승희가 서로 얼굴을 마주보다가 동시에 입을 다문다.

'혼자서 볼 것!' 이라고 편지 겉봉에 쓰인 봉숙이 글씨가 문득 생각난 승희가 아버지께 봉숙이 이야기를 하려다 입을 다문 건 어느 정도 수긍이 가는 사실이지만 무슨 말을 하려다 마는 승희 아버지의 표정은 어째 수상하다. 승희 아버지께서는 봉숙이의 비밀에 대해 뭔가를 알고 계시는 것일까?

부자가 마주 앉은 안방에 어색한 기운이 감돌기 시작한다. 그러자, 잠시 동안의 침묵을 깨고 승희 어머니께서 분위기를 전환하려 말씀하신다.

"이제 내일이면 경주에서의 학교생활도 마지막이구나. 내일 학교 가거든 친구들이랑 선생님께 그동안 잘 지내고 대구로 돌아간다고 꼭 인사하고 오너라. 알겠제?"

"네~"

봉숙이로부터 받은 편지를 빨리 읽고 싶어 마음이 급해져 부모님께 건성으로 대답하고 자신의 방으로 돌아왔다. 그때 문득 봉기태 선생님께서 내일 종업식에 어머니를 모시고 오라는 이야기가 생각난 승희는 그 말을 전하러 다시 부모님이 계시는 안방으로 향한다. 그러다 본의 아니게 살짝 열린 방문 틈사이로 흘러나오는 부모님의 대화를 엿듣게 되는 승희.

"승희는 아직 아무 것도 모르지요?"

승희 아버지가 어머니께 하는 말소리를 문 밖에서 듣게 되는 승희. 이게 무슨 말인가 싶은 승희가 방문 뒤에 숨은 채 부모님의 대화에 귀를 기울인다.

어머니께서 말씀하신다.

"네. 아직 승희한테 아무 얘기도 안 했고, 이제는 승희도 어느 정도 봉숙이를 잊은 눈치예요. 이대로 내일 방학을 하면 곧바로 대구로 전학시키면 될 거 같아요."

이때 승희가 방문 앞에 서 있는 걸 눈치 챈 아버지께서 헛기침을 하며 딴 소리를 하신다.

"에…에헴, 요즘 경주에 관광객들이 늘어서 많이 바쁘구려. 오늘은 일찍 집에 들어왔지만 내일부터는 외국 손님들 맞이해야 하니 당분간은 퇴근이 좀 늦을 거요."

'어머니, 아버지는 봉숙이의 비밀을 알고 계시는 걸까? 알고 계신다면 왜? 왜? 지금까지 내게 아무 말도 안 하셨던 걸까? 도대체 왜?'

이렇게 생각한 승희가 조용히 자신의 방으로 돌아와서 봉숙이가 보낸 편지를 읽기 시작한다.

잘 지내지? 승희야.

음… 어디서부터 이야기를 시작해야 할지 모르겠구나.

난 지금 아빠와 함께 요르단의 수도 암만에 있단다. '줄리아나 알 초이'라는 요르단 엄마랑 함께.

아빠가 후세인 국왕의 왕실 경호대장이어서 그런지 지금 난 이곳의 왕실 자녀들이 다니는 사립학교에 다니면서 공부도 열심히 하고 있단다. 아직 이곳의 언어가 익숙지 않아 힘들긴 하지만 조금씩 이곳 생활에 적응하고 있는 중이야. 내가 누구니? 경주 ㄱ초등학교의 싸움대장 최봉숙이 아니니? 이곳의 아이들도 내가 왕실 경호대장의 딸이라는 소문이 나서 그런지 나한테 잘 대해준단다. 편지 봉투 안에 내 사진

들어 있으니 지금 내 모습 잘 봐두고 매일매일 사진 보면서 내게 문안 인사 올리도록!

그런데 내가 왜 여기에 와 있는지 궁금하지? 나도 어떡하다 이곳으로 오게 되었는지, 가끔 밤에 잠들어 아침에 눈 뜨면 여기가 어딘지, 주위를 두리번거리게 된단다. 그러다 '아! 여기는 한국이 아니지'하는 생각을 하게 되고 내가 있는 이곳이 한국에서도 수천 킬로미터 떨어진 서남아시아의 중동에 위치한 요르단이라는 나라라는 실감을 하게 되지. 그러다 성황당에서의 그날 밤 승회 너랑 내가 겪었던 일들을 생각하게 되고….

성황당에서의 그날 밤 내가 어떻게 되었는지 무척이나 궁금하지?

사실 난 성황당에서의 일들이 잘 기억나지는 않아. 무슨 약에 취했는지 정신이 몽롱한 상태에서 그냥 엄마랑 무당 아줌마가 시키는 대로 뭔가를 하긴 했었던 거 같기도 하고. 다만 지금 내가 생각나는 건 깜깜한 한밤중, 시뻘건 모닥불이 훨훨 타오르는 성황당 마당에서의 장구 소리와 꽹과리 소리들, 그리고 그곳에서 무당 아줌마가 뭐라 그러면 생각나는 대로 그냥 대답했던 기억들 밖에….

아 참! 무당 아줌마가 무슨 신이 내렸냐길래 그냥 며칠 전 학교 수업 시간에 배웠던 최영 장군님이 생각나서 최영 장군이라 대답한 기억은 난다. 하하~

그리고 나서 작두 위에 올라서서 덩실덩실 춤추었던 기억이 나고, 마을 사람들이 몰려와서 그러던 나를 작두에서 내려주던 순간부터는 전혀 기억이 나질 않는단다. 내가 정신을 차렸을 때 승희 너네 집에 혼자 있는 날 발견하고선 깜짝 놀랐어. 난 승희 네가 성황당에 혼자 있으리라 생각하고 그곳으로 달려갔었지만 마을 사람들이 그곳에 불 지르는 광경을 목격하게 되었어. 성황당에 불을 지르던 마을 사람들이 나랑 엄마를 싸잡아 욕하는 소릴 듣고 너무 무서웠던 나는 너네 집으로 돌아가지 못하고 대릉원의 잔디밭 광장으로 도망가서 이틀 밤낮을 꼬박 새우며 승희 너를 기다렸지. 분명 내가 그곳에 있으면 승희 너는 날 반드시 찾아 올 거라 생각했었거든.

이틀 밤낮을 새우며 널 기다리다 너무나 힘이 들어 그곳의 관광객에게 승희 널 보게 되면 애기청소로 간다는 말을 전했고, 난 애기청소의 문둥이 굴에 사는 할머니를 찾아 거기로 가게 되었지. 그곳에서 쉬면서 승희 너를 기다리려고.

근데 굴속에 있던 날 누군가가 찾아 왔었지. 그 누군가가 누군지 알게 되면 아마도 승희 넌 깜짝 놀랄걸?

그 사람은 바로 너희 아버지셨어. 제복 입은 경찰관과 함께 너네 아버지께서 날 찾아오신 거지.

그러고선 아무런 설명 없이 다짜고짜 날 데리고 서울로 가셨어. 서울의 어느 호텔에서 뜻밖에도 난 아빠를 만나게 되었어. 날 만나자마자 내게 잘못했다고 무릎 꿇고 울던 아빠는 나보고 지금 당장 요르단으로 가야 한다고만 말씀하셨어. 엄마랑 함께 가야 한다는 내 말에 엄마는 나중에 데려올 거라는 아빠 말만 믿고 영문도 모른 채 난 이곳 요르단으로 오게 된 거구….

요르단으로 오게 된 나는 줄리아나란 요르단 엄마가 마음에 들지는 않았지만 언젠가 아빠가 이곳으로 엄마를 데리고 온다는 약속을 지킬 거라 믿으며 지금까지 여기서 이렇게 지내고 있는 중이야. 아빠께서 요르단은 일부다처제라 합법적으로 아내를 4명까지 둘 수 있다고 하셨거든. 만일 아빠께서 엄마를 이곳으로 데리고 오신다면 나는 두 명의 엄마를 두게 되는지도 몰라. 아니면 엄마가 두 명 더 생길지도 모르구~ 하하~

여기까지 봉숙이의 편지를 읽어나가던 승희가 잠시 동안 생각에 잠긴다.

'봉숙이는…. 엄마가 돌아가신 걸 모르는구나.'

갑자기 속에서 뭔가가 울컥하고 올라온 승희가 편지 읽기를 멈추고 부모님이 계시는 안방으로 달려간다.

닫힌 안방 문을 열고 고개 내미는 승희를 보자 아버지께서 말씀하신다.

"우리 승희 아이가? 왜 또 무슨 할 말 있나?"

어색하게 대답하시는 승희 아버지에게 방문을 열고 안방을 향해 빠끔히 머리를 내민 승희가 말한다.

"아부지…. 그기 아이고예. 실은 봉숙이가 저한테 편지를 보내왔어예."

승희가 하는 말을 들은 아버지께서 당황한 표정을 하시고는 말씀하신다.

"그기… 참말이가?"

이 말을 하시고는 안방에 놓여있는 재떨이 옆에 놓여 있던 한산도 담배 한 개피에 불을 붙인다. 그리고 진하게 한 모금 빨아들이고선 '후~' 담배연기를 내뱉고 말을 잇는 아버지.

"잠깐 이리 들어와서 앉거라. 승희야."

옆에 계시던 승희 어머니께서도 잠자코 아무 말 하지 않은 채 승희를 쳐다보고 고개를 끄덕이며 앉으라는 듯이 눈짓하신다.

"예."

갑자기 안방에 긴 침묵이 감돈다.

담배 한 개비를 더 피우신 아버지께서 침묵을 깨고 말씀하신다.

"승희야. 지금부터 아빠가 하는 말, 잘 들어야 한다."

아버지께서 연거푸 피우신 뿌연 담배연기로 가득 찬 안방. 담배 연기로 인해 천정에 달린 형광등 불빛마저 뿌옇게 변해 마치 연극 무대 위에서 비련의 주인공이 된 듯 심각한 표정을 짓고 있는 승희 아버지께서 세 번째 담배를 입에 물고 불을 붙인 뒤 말씀하신다.

"어린 승희 네가 보기엔 우리 어른들이 하는 일이 이해가 잘 안 될 거다. 이미 봉숙이의 편지를 읽어봤다면 알겠지만 아마도 봉숙이는 지금 자기 어머니께서 돌아가셨다는 걸 모를게다."

이때 승희가 아버지가 하는 말을 가로막고 이야기한다.

"그래도 아부지…. 저한테 지금까지 봉숙이에 대해서 아무 말씀도 하지 않은 건 너무 하셨어요. 봉숙이가 그렇게 사라지고 나서 제가 얼마나….”

“그건 말이다….”

승희 아버지께서 말씀하신다.

“나도 어쩔 수가 없었다. 엄마가 돌아가신 봉숙이를 우리가 맡아 키울 형편도 안 되고, 그렇다고 버젓이 아버지가 살아 있는 봉숙이를 고아원 같은 곳에 보낼 수도 없었고….”

그러면서 지금껏 승희에게 감추고 있었던 그간의 이야기를 털어놓는 아버지. 아버지께서 승희에게 털어놓은 그간의 사연을 정리하자면 아래와 같다.

아버지는 성황당에서의 그날 밤 정신을 잃은 승희를 황급히 들쳐 업고 경주 시내의 병원으로 데려가 입원시켰다. 그러다 문득 집에 혼자 두고 온 봉숙이가 생각나 다시 돌아왔지만 이미 봉숙이는 흔적조차 찾을 수가 없었다. 그 길로 집을 나와 봉숙이를 찾으러 다닌 승희 아버지가 봉숙이가 성황당을 거쳐 대릉원의 잔디 광장에 있으리라 생각했을 리 만무. 집 주변을 서성이며 봉숙이를 밤새 찾아 헤맸다. 승희 아버지는 다음날 아침 경찰에 봉숙이의 실종 신고를 하러 갔다가 그날 새벽에 봉숙 엄마가 죽은 사실을 알게 되고…. 봉숙 엄마의 죽음을 접한 승희 아버지는 담임인 봉기태 선생님께 부음을 전하는 과정에서 봉 선생님으로부터 요르단에 봉숙이 아버지가 살아 있다는 이야기를 전해 듣는다. 그래서 외무부에 있는 친구에게 부탁해 봉숙 아버지의 행방을 수소문하기에 이른다. 이윽고 봉숙이 아버지가 요르단 후세인 국왕의 왕실 경호대장으로 근무하고 있다는 사실을 알아내고, 그 일 때문에 봉숙이 모녀와 연락을 끊고 지금까지 지내고 있다는 사실까지도 알게 된다.

외무부 친구를 통해 봉숙이 아버지와 전화 통화를 하게 된 승희 아버지는 봉숙 어머니의 부음을 전한다. 그리고 이유야 어떻든 하나밖에 없는 딸인 봉숙이를 천애 고아로 만들 수는 없다며 봉숙 아버지의 귀국을 설득하게 된다. 봉숙이를 데리러 오기 위해 봉숙이 아버지가 귀국할 동안, 승희 아버지는 봉숙이 찾는 일을 잠시 미룬 채 봉기태 선생님과 함께 봉숙 엄마의 장례를 우선 치르게 된 것이다.

봉숙 엄마의 3일장이 끝나자마자, 담당 경찰관과 함께 봉숙이를 찾으러 가던 날 아침, 학교부터 들른 승희 아버지는 봉기태 선생님으로부터 봉숙이가 애기청소의 문둥이굴에 있을 가능성이 있다는 얘기를 전해 듣게 된다. 봉 트리오(봉환, 봉열, 승봉)로부터 두 달 전 봉숙이와 승희랑 애기청소의 문둥이 굴에 갔었다는 이야기와 그곳에 사는 문둥이 할머니랑 봉숙이가 친해 보였다는 이야기를 전해들은 담임 선생님이 승희 아버지께 이 사실을 귀띔했던 것이다.

그 길로 경찰관과 함께 애기청소의 문둥이 굴로 달려간 승희 아버지는 그곳에 있던 봉숙이를 만나 엄마의 죽음은 일단 숨긴 채 급히 서울의 어느 호텔에 머무르던 봉숙이 아버지에게 데려가게 된다. 아내의 죽음을 전해 듣고 급히 귀국했던 봉숙이 아버지도 엄마의 죽음을 알리지 않은 채 서둘러 봉숙이를 요르단으로 데려가게 된 것이다. 이미 성황당에서 내림굿이라는 끔찍한 경험을 했던 봉숙이에게 엄마의 죽음까지 전한다면 어린 봉숙이가 감당할 수 없을 만큼 큰 충격을 받으리라 우려했던 어른들의 노파심 때문이었으리라.

여기까지 이야기하던 승희 아버지께서 또다시 한산도 담배를 한 모금 깊게 빨아들인 뒤 '후~' 하고 담배 연기를 내뱉곤 승희에게 말씀하신다.

"그게 봉숙이에게도, 승희 너에게도 최선이라 생각했었다. 나도 엄마도, 봉기태 선생님도, 그리고 봉숙이 아버지도…."

아버지로부터 그간의 사연을 전해들은 승희가 눈물을 흘리며 묻는다.

"봉숙이가 우리랑 살면 안 되었나요? 그냥 이렇게 우리 집에서 아버지랑, 엄마랑, 나랑 함께요. 꼭 봉숙이가 자길 버린 아버지를 따라 요르단이란 먼 나라에 갔어야 했나요?"

"그건 말이지. 엄마, 아빠도 너희 4남매를 키워야 하고 내년이면 아빠도 이곳 경주를 떠나 다른 곳으로 전근갈 수도 있고, 그리고…."

말을 마치지 않은 아버지를 뒤로 하고, 어린 승희는 봉숙이를 요르단으로 보낼 수밖에 없었다는 아버지의 이야기가 어른들의 비겁한 변명처럼 들려 이야기를 마저 듣지 않은 채 안방을 뛰쳐나오고 만다.

'불쌍한 봉숙이…. 엄마가 돌아가신 것도 모르고….자기를 버린 아버지를 따라 그 먼 곳에서 엄마가 오기만을 기다린다니….'

부모님의 변명을 뒤로 한 채 눈물을 흘리며 자신의 방으로 돌아온 승희는 방문을 굳게 잠그고 읽다만 봉숙이의 편지를 다시 읽어나가기 시작한다.

엄만 나를 무척이나 사랑하셨어.
아버지께서 그렇게 우릴 버린 후부터 원래부터 고아였던

엄마에게 가족이라곤 나밖에 없었으니….

아빠가 우릴 버리고 둘이 살게 되면서부터 엄마는 변하기 시작했지. 결국 엄마는 무병까지 얻게 돼 신내림을 받게 되었고, 그 후부터 난 엄마가 무서워지기 시작했어. 엄마는 자신이 신내림을 받고 무당이 된 게 아빠 때문이라 생각했지. 그래서 엄만 아빠를 저주하기도 했지만 언젠가부터 엄마가 모시는 신령님이 나도 내림굿을 받게 되면 아빠를 돌려주겠다고 하셨다며 엄마는 내게 내림굿을 받길 강요하셨어. 결국 난 무서워 승희 너네 집으로 도망쳤던 거였고.

승희 너랑 함께 했었던 성황당에서의 그날 밤, 무슨 일이 일어났었는지 자세히 기억이 나지는 않지만 엄마가 내게 했던 일들, 이젠 용서하려 해.

그러니 승희 너도 우리 엄마를 용서해줘. 엄마가 승희 네게 무슨 일을 했는지 잘은 모르겠지만.

여기까지 편지를 읽은 승희 눈에 눈물이 주르르 흐르기 시작한다.

'바보…. 엄마가 자기한테 무슨 일을 저질렀는지. 또 나한테 어떤 행동을 했는지 알게 된다면….'

이렇게 생각하면서도 승희는 계속해서 봉숙이의 편지를 읽어나가기 시작한다.

여긴 이슬람 국가라 여자가 살기가 쉽지는 않은 나라야. 모든 게 남자들 위주의 나라라고 할 수 있지. 더더욱 동양의 코리아라는 잘 알려지지 않은 작은 나라에서 온 외국인 여자아이인 내겐 더욱 그렇고…. 하지만 승희야! 내가 여기서 열심히 공부하면서 악착같이 살아갈 수 있게 하는 두 가지 이유가 있어.

하나는 엄마!

머지않아 엄마를 이곳으로 모시고 온다는 아빠 말을 믿고 난 어떻게든 이곳 생활에 적응하며 엄마가 이곳으로 오셨을 때 '우리 봉숙이 그동안 엄마 없이도 잘 자랐구나'라는 칭찬을 받고 싶거든.

그리고 또 하나의 이유는 바로 승희, 바로 너….

승희 네가 경주로 전학 온 첫날부터 우리 사이엔 많은 일이 있었지. 처음부터 승희 넌 내게 특별한 아이였었어. 대구에서 전학 온 얼굴 하얀 남자 아이가 난 처음부터 좋았지. 키 크고 싸움 잘하고 공부 잘 하는 남자 친구들도 많았지만

난 왠지 수줍음 많고 약해 보이는 승희 네가 좋았어. 승희 너를 처음 본 날 너와 함께 비를 맞으며 함께 집에 가면서 있었던 그 일도, 그날 너네 집에서 내 발차기에 네 앞니를 하나 잃게 했던 일도, 매일 너와 함께 학교에 등교하던 일도, 친구들이랑 함께 애기청소의 문둥이 굴에 갔었던 일도, 소풍 전날 너랑 과자 사러 다녔던 일도, 함께 소풍가서 거지를 만났던 일도, 그리고 대룽원 잔디밭에서 내 비밀 이야기를 했던 그 순간과 성황당에서의 그 일까지도….

아빠를 따라 이곳 요르단의 암만에 온 그날부터 지금까지 난 매일 매일 승희 너와 있었던 일들을 생각하며 이곳에서의 힘든 생활을 버텨나가고 있어. 승희 너는 나 최봉숙이를 잊어버리고 살고 있는지 모르겠지만….

'바보…. 나도 매일매일 봉숙이 너만 생각하고 있는데.'

봉숙이의 편지를 읽는 승희의 눈에서 떨어진 눈물방울이 편지에 떨어져 글자가 편지지에 번져나가기 시작한다. 놀란 승희는 얼른 휴지를 가져와서 편지에 떨어진 눈물을 닦은 후 다시 편지를 읽는다.

날 버렸다는 죄책감 때문인지 지금 아빠는 내게 무척 잘 대해주셔. 줄리아나라는 요르단 엄마도 마찬가지구. 혹시 두 분 사이에서 아기가 태어난다면 또 어떻게 될지는 모르겠지만 어쨌든 엄마가 이곳으로 오게 된다면 난 외롭진 않을 거 같아.

가끔 승희 널 볼 수 없다는 사실에, 한국이 있는 쪽으로 하늘을 바라보며 눈물 흘리기도 하지만 나도 이제 이곳 생활에 적응해야 하겠지?

아빤 이제 다시는 한국에 돌아가지 않을 거래. 한국에서 힘들게 살았던 기억이 있어서인지 아님 다른 이유가 있어서인지는 모르겠지만 엄마 데리러 한국에 가야하지 않냐는 내 말에 아빠 항상 대충 얼버무리시면서 한국에서의 생활이 정리되면 엄마가 알아서 오실거란 말만 내게 하시지….

아마 내가 대학생이 될 때까지 한국에 돌아가긴 힘들 것 같다. 승희야.

그때까진 우린 못 만날 것 같단 얘기지.

이곳에서 내가 고등학교까지만 졸업하면 나도 어른이 될 거고, 그런 후에 난 한국에서 대학교를 다닐 생각이야. 그렇게 된다면 승희 너를 다시 만날 수 있겠지?

그때 우리 다시 만난다면 지금처럼 다시 친해질 수 있을까?

어른이 된 나랑 승회가 다시 만난다면 그때 우린 어떻게 될까?

아무튼 내가 대학생이 되어 한국에 돌아갈 때까지 승회 너는 절대 여자 친구 사귀면 안 된다. 알겠지? 네가 여자 친구 사귄다는 소문이 이곳까지 들려오면 넌 나한테 죽는다. 내가 당장 한국으로 날아갈 테니…. 알겠지? 하하~

내가 한국에 돌아갈 때까지 승회 너는 공부 열심히 하고 네 바람처럼 의대에 진학해서 나중에 훌륭한 의사 선생님이 되길 알라신께 기도할게.

나?

내 걱정은 붙들어 매셔. 난 봉숙이 아니니? 싸움대장 봉숙이! 항상 씩씩한.

나한테 편지 같은 거 보낼 생각은 하지 마라. 나도 이 편지가 승회 네게 보내는 처음이자 마지막일 테니. 편지로 소식 주고받으며 그간의 소식 다 안다면 나중에 우리가 대학생이 되어 만났을 때 할 이야기가 없어 재미없지 않겠니?

난 매일매일 승회 네 생각하며 살 테니 이 봉숙이가 널 잊

어버리는 일은 없을 거야.

　그러니…. 너도 날 잊으면 안 돼! 알겠지?

　이제 승희 네게 작별인사를 해야 할 시간인거 같다.

　그간 우리 사이에 있었던 일들, 훗날 우리가 대학생이 되어 다시 만나 모두 어린 시절 있었던 아름다웠던 추억으로 웃으며 이야기 할 수 있기를 진심으로 바래.

　안녕~ 승희야! 안녕~

　우리 꼭 다시 만날 수 있기를….

　　　　　　　　— 승희의 영원한 친구 봉숙이로부터

　봉숙이의 편지는 여기서 끝나게 되고, 잠긴 방문을 두드리며 승희를 부르는 부모님의 목소리가 들린다. 승희는 꿈짝도 않고 자신의 방에 쪼그리고 앉아 두 무릎에 얼굴을 파묻은 채 하염없이 눈물을 흘리고 있다.

새로운 만남을 준비하며

무척이나 많은 기억들을 안겨주었던 1975년, 경주에서의 승희의 1년은 그렇게 끝이 났다.

1976년 3월 2일.

승희는 지금 자신이 초등학교 입학 후 2년 동안 다녔던 대구의 ㅁ초등학교 4학년 7반 교실에 앉아있다. 원래부터 다니던 학교라 이 반에는 승희가 아는 친구들도 제법 많이 있다. 하지만 4학년이 되어 반편성이 되고, 처음으로 한 반에 모인 탓인지 서로 서먹서먹하기는 마찬가지인 듯. 아직 첫 수업이 시작되기 전의 4학년 7반 교실엔 몇몇 친한 아이들끼리 군데군데 모여 도란도란 이야기를 하고 있을 뿐, 승희를 비롯한 대부분의 아이들은 자신이 앉은 자리에서 조용히 담임 선생님이 오기만을 기다린다.

이윽고 칠판 옆 벽에 붙은 스피커에서 첫 수업 시간을 알리는 차임벨 소리가 울리자 드르륵 교실 앞 문이 열리고 담임 선생님께서 들어오신다. 나이 지긋하신 경주의 봉기태 선생님과는 달리 이번엔 젊고 잘 생신 남자 선생님이시다. 칠판에 자신의 이름을 '백경흠' 이라 적고는 교탁에 서서 아이들을 향해 이렇게 말씀하시는 담임 선생님.

"나는 백경흠이라고 한다. 올 한 해 동안 너희들 담임을 맡게 되었다. 앞으로 우리 함께 즐거운 4학년 생활을 보내도록 하자꾸나. 아…. 그리고 이번에 경주에서 1년간 있다가 오늘 우리 학교로 전학 온 친구가 한 명 있다. 백승희! 어디 있나? 앞으로 나오도록!"

담임 선생님께 이름을 불려 반 아이들 앞에 서게 된 승희가 인사를 한다.

"나는… 백승희라고 해. 1학년, 2학년을 이곳 ㅁ초등학교에서 다니다 부모님을 따라 3학년을 경주의 ㄱ초등학교에서 보냈고, 이번에 다시 이곳으로 전학 오게 되었어. 앞으로 우리 친하게 지내자!"

4학년이 되어 좀 더 자란 탓일까? 아니면 원래 자신이 다니던 초등학교로 되돌아와서 마음이 편해졌던 것일까? 남대문이 열린 채 바보처럼 자기소개를 하다 반 아이들의 놀림감이 되었던 1년 전 경주에서와 달리 이번엔 제법 의젓하게 자기소개를 하는 승희.

"아직 자리가 정해지지 않았으니 승희 넌 우선 저기 교실 뒷문 옆 맨 뒷자리에 앉거라."

담임 선생님께서 지정해 준 자리에 자신의 책가방을 들고 가서 앉은 승희, 이어서 첫 수업이 시작된다. 교실 뒷문 옆 맨 뒷자리에 앉아 수업을 듣던 승희가 이리저리 교실을 둘러본다. 그러다 어디선가 많이 보았던 누군가의 뒷모습을 발견하곤 깜짝 놀란다.

'봉숙이?'

교실 중간쯤에 앉은 긴 생머리의 여자아이. 수업에 집중하고 있는 그 여자아이의 뒷모습은 봉숙이를 빼다 박은 듯 닮았다.

'이게 어떻게 된 일이지? 요르단에 있다던 봉숙이가 왜 여기에?'

반가움과 놀라움으로 터질 듯 심장이 두근거리던 승희는 수업 내내 그 아이의 뒷모습을 바라보고 있다. 이윽고 첫 수업이 끝나고 뒤로 고개 돌리는 여자아이의 앞모습이 보이자 터질 것만 같았던 승희의 심장도 이내 정상으로 돌아온다.

그 아이는 봉숙이가 아니었다. 하지만…. 봉숙이처럼 눈부시게 예쁘다. 그런데 더 놀라운 사실은 봉숙이처럼 예쁜 그 여자아이가 일어서더니 곧바로 승희에게 다가오고 있는 것이 아닌가.

'설마…. 나한테 오는 건 아니겠지?'

하고 혼자서 생각하는 승희 앞으로 곧바로 다가와서는 당돌하게 손을 내미는 여자아이.

"오늘 전학 온 백승희 맞제? 내 이름은 김봉순. 나랑 친하게 지내면 앞으로 1년간 학교생활이 편해질 거다."

하면서 악수를 청하는 듯 먼저 손 내미는 이 아이. 심지어 이름도 봉숙이랑 비슷한 봉순이라니…. 잠시 우스운 생각이 들었던 승희는 자신도 손을 뻗어 여자아이와 손을 잡고 악수를 한다.

혼자 속으로 이렇게 생각하며.

'어딜 가나….이 놈의 인기는……. '

에필로그

언젠가부터 소설을 써보고 싶었다.

이런 저런 나의 일상생활을 페이스북에 올리다 에세이집《사랑모아 사람모아》출판준비를 할 무렵부터 이런 생각이 들기 시작했다.

나의 일상을 있는 그대로 올리는 게 에세이라면 모두 진실이 아니더라도 조금은 자유롭게 내 생각대로 이야기를 꾸며낼 수 있는 게 소설이라는 생각이 들었다. 그래서 문득 내가 초등학교 3학년이던 어린 시절, 경주의 한 초등학교에서 만났던 여자친구와의 아름답고 가슴 아팠던 추억들이 머릿속에 떠올랐다. 그녀와의 이야기를 소설의 형식을 빌려 써보고 싶은 욕망이 솟구치기 시작했다.

마치 과거를 그린 TV 드라마에서 향수를 느끼듯, 소설을 쓰면서 나의 어린 시절을 되돌아보게 되었고, 그 시절의 이야기들을 활자를 통해 기록으로 남기고 싶었다.

처음 소설을 쓰기 시작할 때는 황순원의 대표작 '소나기'를 연상하게 하는 초등학생 시절 봉숙이와의 풋풋했던 사랑이야기를 쓰고자 했다. 하지만 시간이 지날수록 주인공 봉숙이의 캐릭터가 영화 '엽기적인 그녀'의 배우 전지현을 닮아 있다는 걸 깨달았다. 그 후 이어지는 봉숙이의 슬픈 과거사가, 비록 소설이지만 글을 쓰던 나 자신을 매우 우울하게 만들기도 했다.

　반평생을 필자와 만나고 헤어짐을 반복하게 되는 기이한 인연의 봉숙이, 그녀와의 이야기는 이제 시작일 뿐이다. 봉숙이의 이야기는 계속 이어질 것이다.

　이 소설을 읽는 독자의 마음속에도 봉숙이와 같은 평생의 친구 하나쯤은 가지길 바라며, 이 소설을 영원한 내 친구 봉숙이에게 바친다.

그림 _ 이영철

　세상의 작고 여린 곳을 자애의 시선으로 바라보는 화가 이영철은 순수함과 해학, 소시민의 사랑과 희망을 그린다. 1960년 경북 김천에서 태어난 그는 안동대 미술학과와 계명대 대학원에서 회화를 전공했다. 20여 회의 개인초대전과 아트페어, 200여 회의 국내외 단체전에 참여했다. 현재 전업화가로 활동하고 있으며 지은 책으로는 에세이집 《사랑이 온다》와 《그린 꽃은 시들지 않는다》가 있다.

내 친구 봉숙이

발　행 | 2016 년 12월 1일

지은이 | 백승희
펴낸이 | 신중현
펴낸곳 | 도서출판 학이사
　　　　출판등록 : 제25100-2005-28호
　　　　주소 : 대구광역시 달서구 문화회관11안길 22-1(장동)
　　　　전화 : (053) 554~3431, 3432
　　　　팩스 : (053) 554~3433
　　　　홈페이지 : http : // www.학이사.kr
　　　　이메일 : hes3431@naver.com

ISBN _ 979-11-5854-060-9　03810